Tænk hvis ...

Dedikeret til min mand, børn og børnebørn

En stor tak til min mand Johannes for at lytte til min oplæsning og for positive og oprigtige kommentarer. Også tak til min søn Claus for hjælp til opsætning og redigering. Tak til min datter Christina for vejledning, kritik og ros. Samt tak til min gode forfatterven Ina Ravnkilde for råd, tips og tålmodighed.

Ulla Hornbæk Hansen

Tænk hvis …

Af Ulla Hansen er tidligere skrevet:
"Min Slægt." Slægtsbog (2013)
"Mit kludetæppe" (2017)

Noveller og fortællinger bygger på både virkelige og fiktive historier.
Alle navne og steder er ændret.

© 2020 – Ulla Hansen
Illustrationer: Åge Johs. Ellehauge Hansen
Forsidefotoet er taget af Claus Lambertsen
Forlag: Books on Demand – København, Danmark
Fremstilling: Books on Demand – Norderstedt, Tyskland
Bogen er fremstillet efter on-Demand-proces

ISBN 9788743036661

Indholdsfortegnelse

Hvor retfærdighed ydes kan ikke snydes

RETSSAGEN

Der er stilhed i lokalet. Karen kan høre sin egen vejr- trækning, og det er ubehageligt, især da hun også kan mærke hjertet banke. Hun har aldrig forestillet sig, at hun skal sidde i en retssal. Det er for hende kun noget, kriminelle oplever. Nu er det så hende. Rummet ligger hen i halvmørke. To vinduer vender mod nord og lader ikke meget lys slippe ind. Der er en under- lig muggen lugt, som hun husker fra de rum, der ikke bliver brugt dagligt hjemme på farens gård. Kommer lugten fra væggene eller måske fra gardinerne. De ser i hvert fald ikke ud til at være blevet vasket i lang tid. På væggen mellem vinduerne hænger de kendte billeder af Kong Christian X og Dronning Alexandrine i to gamle rammer. De får hende til at tænke på, da Christian for 3 år siden var blevet konge, og hun så bryllupsbilledet af ham og den unge Alexandrine. Han var så høj og flot i sin uniform – modsat Rasmus, hvis uniform så ud til at være syet til en anden og ikke til ham.

Hun er stævnet til at møde klokken 10.00 og hun er mødt i god tid. En retsbetjent har vist hende, hvor hun skal sidde. Ved dommerbordet foran hende sidder to alvorligt udseende personer. Hun er klar over, de har noget med hendes sag at gøre. Den ene er rund og velnæret, hvorimod den anden er noget forslidt. Det er to retsvidner. Deres ansigtsudtryk er ubestemmelige. Hun kan fornemme, at de kigger på hende, mens de taler sammen. Desværre kan hun ikke høre, hvad de siger.

Rasmus er endnu ikke kommet. Det ville også have forbavset hende.

Ventetiden føles lang. Det er koldt udenfor, og lokalet er ikke opvarmet. Der står en kakkelovn i et hjørne, men der er ikke tændt op. Alligevel sveder hun i sin pæne kjole, selvom det kun er april måned. Hun har ikke mange kjoler at vælge mellem og valgte den mørkeblå efter sin fars råd.

"Du klæder dig nobelt og diskret. Det giver det bedste indtryk af dig i retten."

Det råd har hun fulgt. Heldigvis har hun også sin varme frakke på, men den fjollede hat klæber til hende hoved. Hun har det dårligt, Hendes hænder dirrer, og hun føler en stor klump i halsen. Hun kan høre folk gå forbi uden for bygningen. En hestevogn skramler hen over de toppede brosten. Endelig sker der noget. Det er Rasmus, der kommer. Han ser noget sammenbidt ud. Hvor er det store smil, som han tidligere charmerede hende med. Han har ikke sin soldateruniform på. Han var indkaldt som soldat, da hun traf ham.

Nu kan de måske endelig komme i gang.

Intet sker.

Efter endnu en tid kommer yderligere to unge mænd. De er til gengæld iklædt soldater uniform. Hun kender dem begge. Det er Søren og Jens, der var dragoner ved samme regiment som Rasmus. Hun har været sammen med dem, når hun og Rasmus besøgte et lille, hyggeligt kælderværtshus for at drikke kaffe og få sig en lille en. Her havde de alle fire siddet ved en smuk kakkelovn, og den havde der været tændt op i. De hilser venligt på hende og sætter sig på de anviste pladser.

Pludselig rejser alle i lokalet sig. Det er dommeren, der kommer. Han er iklædt en sort kappe og en hvid paryk. Hans ansigtsudtryk er venligt og smilende. Herefter sætter alle sig igen.

Nu tager dommeren ordet:

– Alle parter er mødt op. Klagerinden bedes fremlægge dåbsattest og leveattest for hendes, den 11. februar 1915 fødte datter Marie Sofie Andreasen.

Det er med bankende hjerte, Karen går op til skranken og afleverer med et kniks de ønskede papirer.

Herefter bliver Rasmus konfronteret med faderskabet.

"Jeg tør ikke benægte muligheden af, at jeg kunne være far til barnet, og jeg vil forbeholde mig ret at aflægge ed, da jeg roligt kan gøre dette. Men jeg vil gøre gældende, at der også kan være tale om andre end mig, nemlig dragon 325 og dragon 312 ved 4. dragonregiment i Randers."

Karen rejser sig og stirrer forskrækket på ham, rød i hovedet. Rasmus´ ord er en hån mod hende, ja simpelt- hen en nedgørelse. Hvad vil dommeren og retsvidnerne ikke tænke om hende.

– Jeg ved ikke, hvad han taler om, og hvorfor han påstår det.

Jeg er villig til at aflægge ed på, at jeg kun har haft omgang med Rasmus Hansen og ingen anden på und- fangelsestidspunktet.

Rasmus fastholder sin påstand, og herefter bliver dragon 325 kaldt som vidne. Han bedyrer på det kraftigste og under ed, at han intet har haft at gøre med moderen til barnet. Det samme gør dragon 312. Begge undgår at se hende i øjnene, da de igen sætter sig på deres pladser.

Mens hun sidder og lytter til alle de talte ord, falder hun i tanker. Hun mindes, da hun efter kort tid i sin plads hos en bagermester i Randers mødte Rasmus på bane- gården. De var kommet i snak, mens de ventede på toget. Han havde set ensom ud. Selv kendte hun ikke mange i byen, og de havde fortalt hinanden om deres tilværelse. Rasmus var smed og havde lejet en lille smedje i Hvorslev. Han var ikke rig men tjente ca. 600 kroner om året. Han var ugift, havde et uægteskabeligt barn på 2 år og en formue på ca. 1000 kr. Pengene havde han gemt i smedjen, da han ikke stolede på nogen. Karen havde fået ondt af ham, selv om hun fandt det underligt at gemme penge i en smedje.

Selv kom hun fra en stor gård. Hun var den yngste af 5 søskende. Moren var død, og hun havde ført husholdning for sin far, som nu var aftægtsmand. Hun havde følt sig fri og stolt, da hun fik plads og bolig hos bagermesteren i Randers og glædede sig over sit nye liv. Datteren Marie Sofie var i pleje, og fremtiden tegnede lys for hende.

Men glæden og stoltheden endte brat, da Rasmus havde gjort hende gravid. Da hun meddelte ham dette, havde han sagt, at det kunne han ikke tage sig af. Han havde i forvejen et uægteskabeligt barn at betale for. Hvad havde hun set i ham? Hun kunne endnu se ham for sig, da han stod der foran hende, og hun havde fortalt, hun var med barn. Lille og duknakket, uvasket hår og flakkende øjne. På alle måder en lille nusset og ussel person.

*

Nu meddeler dommeren, at der vil blive to timers pause, mens han og retsvidnerne voterer.

– Alle kan forlade lokalet men skal være tilbage om to timer. Herefter vil afgørelsen blive læst op.

Rasmus forlader lokalet uden at se på Karen og de to dragoner. Han har brug for at være alene med sine tanker.

Han kan ikke lade være med at tænke på den situation, han har sat sig selv i. Havde han dog ikke taget imod hendes tilbud om at besøge hende på hendes værelse hos bagermesteren, da disse var udrejst. Hun havde været iklædt en rød kjole, som smøg sig blødt om hendes bryster. Han kunne endnu huske hendes varme bløde krop, som han indtil da kun havde set i højhalsede kjoler. Hun havde ønsket det lige så meget som han. Hendes seng var ikke særlig behagelig, og den knirkede, så man frygtede, alle naboerne kunne høre den. Men han havde fortabt sig i hendes bløde favntag og taget imod de varme kys fra hendes våde mund. Han havde næsten flået tøjet af hende i ivrig forventning. Han fik hurtigt en fornemmelse af, han måske ikke var hendes første elsker, men hvad betød det. Nu var det ham,

Karen tilbringer pausen på en bænk, og lader tankerne flyve. Hvad nu hvis retsvidnerne og dommeren ikke tror på hende. Hun kunne ikke undgå at se deres vurderende blikke. da de sammen med dommeren går ind i et til- stødende lokale for at votere. De diskuterer sikkert, om man kan stole på hende. Om hun er let på tråden. Om hun havde været naiv. Om hendes forklaringer er sande, eller om hun simpelthen taler usandt.

Og så er der Rasmus. Han virker ikke helt oprigtig. Og selvfølgelig vil han gerne slippe for at betale for endnu et barn. Men han har jo afgivet forklaring under ed.

Karen kan mærke sveden løbe ned ad ryggen. Hun vrider hænderne. Kan ikke holde sig i ro. De andre har det sikkert på samme måde.

Medens de hver især har fået to timer til at gå, bryder solen frem, som vil den fortælle, at alt bliver godt. Men man kan også ane et par tunge skyer i det fjerne. Intet er sikker. Heller ikke vejret.

Tilbage i lokalet bliver de alle igen mindet om den ed, de hver især har aflagt. Om de vil stå ved denne. Dette bedyrer alle fire.

Så beder dommeren alle rejse sig, hvorpå han siger:

– Såfremt klagerinden med sin ed for retten i dag be- kræfter, at hun i tidsrummet fra 11. april til 1. juli 1914 ikke har haft legemlig omgang med nogen anden mands- person end indklagede Rasmus Hansen, skal sidstnævnte betale bidrag til hende og barnet efter øvrighedens be- stemmelse i henhold til loven. Men drister hun sig til ikke at aflægge ed, skal Rasmus Hansen for hendes tiltale i denne sag fri at være.

Hermed er retssagen afsluttet.

Karen stråler af glæde. Hun smiler glad til alle og for- lader lokalet med raske skridt og rank ryg.

Rasmus derimod går langsomt ud med bøjet nakke og slæbende skridt. Han har et bistert drag om munden. 18 år er lang tid.

Dommeren og retsvidnerne er de sidste, der forlader bygningen. For dem er det en dag som så mange andre.

Når konen ligger på sit leje, må man gå andre veje

Dobbeltspil

Det er en lang køretur. Der er tæt trafik på motorvejen. Varmen er uudholdelig. Blusen klæber til kroppen, og hendes tolerance er på bristepunktet. Idioten foran i den grønne bil bliver liggende i yderbanen, når ikke han snor sig ud og ind mellem bilerne. Kan han ikke forstå, at andre måske gerne vil forbi. Han er mere optaget af at tale i mobiltelefon end at koncentrere sig om trafikken.

Det er tidligt på dagen. Solen kaster morgenens første solstråler på de lysegrønne marker. Det tegner til at blive en dejlig dag.

Bente er i dårligt humør. Hendes datter Rosa har for-elsket sig i en selvsikker, muskelsvulmende, opblæst macho-type, som ser sig selv som en Guds gave til kvinder, hvilket Bente absolut er uenig med ham i. Da Rosa afslører, han har en blomstertatovering på sin penis, falder Bentes agtelse for ham endnu mere.

Hun behøver heldigvis ikke at se ham mere, end hun selv ønsker. Må dog af hensyn til datteren forsøge at finde en tålelig omgang. Og nu har Rosa sendt bud efter sin mor, En nylig operation har fremkaldt en alvorlig betændelse.

Hendes stemme havde lydt alvorlig, da hun ringede og bad moren komme

– Skal du ikke på ferie sammen med Henry? Er det ikke i dag, I skal til Thailand?

– Nej, Henry er taget afsted alene. Jeg er ude af stand til at tage med,

*

Rosa og hendes to børn var flyttet sammen med Henry for nogle måneder siden. Det var tilsyneladende den store kærlighed. Alle andre kunne se, hvad der havde til-trukket hende. Han var den galante charmør, havde store planer, dyre vaner og så godt ud. Han var høj og vel-bygget men selvglad og dominerende. Men det kunne Rosa ikke se.

Rosa havde et udmærket hjem i samme by som moren. Hun havde et spændende arbejde som sygeplejerske, gode venner, familie og sine børn i trygge rammer. Men der manglede åbenbart noget Det fandt hun i Henry. Han formåede at overbevise hende om, at livet i en større by ville gavne hende og børnene, selv om han egentlig ikke var spor interesseret i børn. Hun brød alle broer og flyttede til Esbjerg. Her skulle de finde lykken sammen med fantastiske Henry.

Rosa havde siden sin skilsmisse ikke fundet lykken igen. Der havde ikke været mangel på tilbedere, og et par stykker var da også blevet lukket ind i varmen. Men de havde altid haft mangler og fejl, som resulterede i, at forholdene aldrig blev til mere. Og så var der børnene og uddannelsen. Det var svært at få kæreste, børn og arbejde til at gå op i en højere enhed. Nu var Henry kommet på banen.

*

Rosa bliver glad for at se sin mor. Det er en træt datter, der åbner døren. Kinderne er røde af feber, og hun be- væger sig langsomt. Øjnene er blanke og ophovnede af gråd. Hun har det dårligt. Rosa er normalt velsoigneret med perfekt makeup, men i dag klistrer håret uredt om- kring hendes hoved. Hun er iklædt en krøllet grå neder- del og en uklædelig sort bluse.

Bente ser sig om i sin datters nye hjem. Der er som altid rent og ordentligt. Indtil nu har Rosa ikke hentet sine egne ting. Henrys hjem er møbleret, som et hjem er, når ejeren ingen smag har. Intet synes at være købt med omhu. Rosa har en vældig god indretningssmag, så det må være trist for hende at gå rundt mellem kopimalerier og småborgerlige lædermøbler. Omkring huset er der en uplejet have med en smule græs og nogle forpjuskede buske, der alle skriger efter vand og en kærlig hånd. Værst af alt er trappen op til den afskallede indgangsdør. Trinene er så høje, at man vil have gavn af en trappe- stige. Et gelænder praler med sit fravær.

De får i fællesskab sat frokost på bordet. Bente er sulten efter den lange tur. Det er godt endelig at falde til ro.

– Nu må du fortælle mig, hvad der er sket. Kunne I ikke udsætte rejsen, til du er rask igen?

– Henry fortalte, vi ikke kan få vores penge retur. Desuden har han en forretningsaftale i Thailand. Den ikke kan udsættes. Han har lovet at ringe, så snart han kan.

Eftermiddagen går. Rosa virker urolig. Ryster på hænderne, skæver jævnligt mod telefonen. Rejser sig. Sætter sig igen. Tjekker med mellemrum computeren.

– Hvad kigger du efter?

– Jeg ser, om der en mail fra ham. Om han er nået frem. Måske skriver han, at han savner mig.

Det gør ondt at se sin datter så urolig og rastløs.

– Har du noget imod, jeg lægger mig lidt? Jeg har været tidligt oppe, og det var en lang køretur.

– Gør det mor. Det trænger du sikkert til

Rosa føler sig virkelig som en udslukt vulkan. Hun er udmattet på grund af manglende nattesøvn og feber. Egentlig vil hun helst være alene, men hun er alligevel sin mor dybt taknemmelig, at hun gider køre den lange vej for at være hos hende.

Hendes mor har altid været der for hende. Hun er der, når der er brug for barnepige, når der er brug for trøst eller opmuntring, eller når pengene ikke slår til. Hun er ikke bare hendes mor men også hendes veninde. De kan skændes men aldrig i længere tid. De vil begge gerne shoppe. Rosa kan lide sin mors tøjstil og hendes sikre smag. De deler ofte hinandens tøj, og hun er stolt over, hendes mor ikke klæder sig som en ældre dame men har sans for, hvad der er smart og moderne. Hun ved udmærket, moderen ikke bryder sig om Henry men trøster sig med, at moren også kan tage fejl. Hun husker, hvordan moren har trøstet hende, hver gang en for- elskelse har vist sig at være en fuser og opmuntrende har sagt: "Pyt, en dag kommer den rigtige

Også i dag er hun kommet for at støtte hende.

Det bliver ikke nogen lang lur for Bente. Rosa kalder med dirrende stemme, at hun skal vågne. Hun sidder som forstenet ved computeren, ligbleg i ansigtet.

– Kom og se.

"Kæreste dejlige Charlotte. Jeg tager nu til Thailand. Rosa er blevet syg, men jeg tager af sted alligevel. Jeg er så i stand til at komme forbi dig på vej til lufthavnen, så vi kan tilbringe nogle timer sammen. Jeg savnet dig, Drømmer om dig. Din for evigt Henry."

Bente siger ikke noget i lang tid. Har hun læst rigtigt?

– Hvordan har du fået fat i den besked?

– Jeg kender hans adgangskode, fordi jeg engang har hjulpet ham med computerproblemer. Jeg tænkte, der måske er en mail fra ham. Måske har jeg en ubevidst mistanke til ham. Han er altid så hemmelighedsfuld, når det gælder hans PC.

Rosa har fået et vredt og beslutsomt udtryk i ansigtet. En dyb rynke kommer til syne på hendes pande.

Hun sidder en tid stærkt optaget ved computeren. Bente kan høre tasternes beslutsomme klapren.

Så griber Rosa telefonen.

– Du taler med Rosa Hansen, Er det Charlotte? Kender du Henry?

Bente kan høre, Rosas stemme stige.

– Har I et forhold? Er du klar over, at han og jeg bor sammen?

Nu er Rosas stemme både vred og skinger.

– Ved du, at vi skulle have været på ferie sammen? Jeg har læst din mail.

Efter nogen tid bliver der tavshed. Bente kan forstå, Charlotte har smækket røret på.

Der viser sig et lille smil på Rosas ansigt. Jeg kigger nysgerrigt på hende.

– Hvad sagde hun?

– Charlotte nægtede først ethvert kendskab til min eksistens. Men efter jeg havde forklaret mit kendskab til mailen fra Henry blev hun tavs. Så indrømmede hun, at hendes og Henrys forhold havde stået på ca. et halvt år. Men hun bedyrede også, at Henry havde sagt, det for længst var forbi mellem ham og mig. Først da hun så hans mail, blev hun klar over, det ikke kunne være sandheden. I morgen vil jeg fortælle hende, at hun kan overtage uslingen, og at jeg er rejst, når han kommer tilbage fra ferie.

Bente kan se på sin datter, at hun er helt afklaret. Hun kan levende forestille, hvordan Henry nu vil få det.

Hun har fulgt interesseret med fra sofaen. Har været vidne til en sand Henrik Ibsen forestilling.

Ny opringning. Nu til Henry.

Bente kan forstå på samtalen, han ikke indrømmer, hvad Rosa taler om. Men så let slipper han ikke.

"Nu skal jeg fortælle dig, hvad det handler om. Du har svigtet.

Du lod mig tro, du elskede mig, men du har en anden. Hvorfor? Hvad har jeg gjort forkert? Har jeg forandret mig og blevet en anden? Skulle vi leve på en løgn?" Rosa lyder helt klar i spyttet.

Samtalen varer længe. Bølgerne går højt. Jeg kan ikke høre Henrys svar, men jeg kan forstå på Rosa, han beder om tilgivelse.

Jeg går ud i haven. Vil ikke høre mere. Det er deres kamp.

MAN MÅ ERKENDE, ALTING HAR EN ENDE

FERIEN

Toget kommer til tiden. Statsbanerne er ellers ikke kendt for præcision. Jeg har købt pladsbillet. Heldigvis intet togskift. Jeg kan sætte mig i ro og mag og glæde mig til min ferie sammen med Børge.

Jeg mødte Børge på et kursus for et halvt år siden. Vi var i samme gruppe, og jeg havde straks lagt mærke til hans skelende øjne. Normalt finder jeg ikke skelen charmerende, men hans komiske forsøg på at fiksere en ting gjorde ham interessant. Han er ikke ret høj, faktisk mindre end mig, Altid smart i tøjet og nyklippet. Hans holdning er lidt ludende, men alligevel er der noget ved ham, der betager mig.

Vores forhold udviklede sig fra venskab til et kærlig- hedsforhold gennem det halve år. Vi havde begge set frem til at mødes til jævnlige kurser, og da Børge en dag nævnte, det kunne være dejligt med ferie sammen uden at tage hensyn til hans kone Else og min mand Søren, var jeg straks med på ideen.

Jeg nævnte for Søren, jeg følte mig stresset og trængte til ferie. Han havde tillid til mig og godtog mit ønske med straks at tilbyde at betale min ferierejse.

Børge havde heller ingen problemer

Nu sidder jeg i toget på vej til København og kigger forventningsfuldt ud på landskabet, som glider forbi. Det kendte danske landskab. Hvordan mon der ser ud på Rhodos? Jeg har lånt en bog på biblioteket om den. Vil gerne imponere Børge med lidt forhåndsviden. Han må gerne tro, jeg er velinformeret.

Jeg er faldet i søvn, da højtaleren vækker mig.

Københavns hovedbanegård næste stop.

Pokkers også. Kan jeg nå ud på toilettet og rette lidt på udseendet.

Jeg har lige fået klippet mit hår. Det er begyndt at blive gråt. Jeg har haft besvær med at vælge, hvilket tøj jeg skal tage med. Bukser skjuler mine kraftige ben. Kjoler er feminine. Jeg valgte bukser, lette bluser og en enkelt rød kjole. Min garderobe er ikke i luksusklassen. Det er ikke det, jeg bruger flest penge på. Jeg håber, Børge synes om mit valg.

En kam gennem håret og lidt læbestift. Så standser toget.

Jeg har det underligt. Kan mærke varmen fra de af- slørende røde pletter på min hals. De viser sig altid, når jeg bliver nervøs. Mine ben ryster. Tænk, hvis Børge har fortrudt. Tænk, hvis hans kone har opdaget os og holder ham tilbage.

Jeg er forvirret og er lige ved at falde, da jeg stiger ud af toget. En venlig hånd griber mig i sidste øjeblik, og med et taknemmelig smil hiver jeg op i min kuffert og kigger efter Børge. Han står lænet op ad en lygtepæl med en cigaret i munden.

Omfavnelser og kys. Vi er sammen. Eventyret venter os.

Jeg har ikke rejst eller fløjet meget indtil nu. Føler mig som en verdensdame der skal udforske verden. Det er dog kun Rhodos.

Har indtil nu lagt tanken om ægtemand og børn på hylden. Hvorfor har jeg rodet mig ud i dette? Søren har jo aldrig vist tegn på utroskab. Han har altid vist mig respekt, har ladet mig styre økonomien og selv haft små behov. Han har et godt job, Vi har gode venner og mangler intet. Måske har vi giftet os for tidligt. Ingen af os har kendt andre, og det er måske der, fejlen ligger. Hvad er jeg gået glip af? Og så er der al besværet med børnene. Fire munde der hele tiden skriger efter mad. Vasketøj, rengøring, aldrig tid til egne interesser. Jeg føler mig fanget i et gyldent bur. En endeløs hensyn- tagen til alt og alle.

Det er ikke første gang, jeg er Søren utro. To gange tidligere er jeg faldet for smiger og forførende ord.

Den ene gang var til en fest, hvor der ikke var langt mellem opfyldning af glassene. Søren er ikke god til at danse, men det var Ole, Det udviklede sig til ret tætte danse. Inden jeg så mig om, var Ole og jeg endt på et badeværelse. Det var mit første sidespring. Søren opdagede ikke noget. Han befandt sig midt i "Anden verdenskrig" sammen med en anden gæst.

Utroskab havde været svært første gang. Det faldt mig mere naturligt anden gang. Jeg følte ikke dårlig sam- vittighed. Jeg kedede mig i mit ægteskab. Manglede spænding og smiger. Og nu sidder jeg her og skal om bord i et fly på vej til Rhodos med en anden mand.

Efter indtjekning og security er der kun at finde den rigtige gate. Inden vi ser os om, sidder vi i en Boing 727 på vej mod eventyret. Dårlig samvittighed? Nej.

*

Børge siger ikke meget under flyveturen. Han sidder med Maries hånd i sin. Den er dejlig varm og tryg, men den giver ham alligevel en fornemmelse af at holde i den forkerte hånd. Han er egentlig glad for sin kone og sine to børn. Hvorfor sidder han så her?

Marie har kigget beundrende på ham, siden første gang de mødtes. Spænding ved legen med det farlige? Han har et interessant arbejde. Hvad vil der ske, hvis Else op- dager hans forbindelse til Marie. Han har haft sine side- spring, men de har aldrig betydet noget. Det er vigtigt for ham at opleve kvinders beundring. Er hans ægteskab blevet kedeligt. Har han brug for en anden kvinde at spejle sig i. Nu må det briste eller bære. Nu vil han nyde denne tur med Marie. Så må han se, hvad der videre sker.

*

Vi får vores kufferter og finder en taxa. Kan ikke vente med at nå hotellet. Jeg dirrer af indre spænding.

Hotellet er udmærket. Børge mumler lidt om dårlig be- liggenhed, men for mig er det fint. Vi får vores nøgle. Værelset er acceptabelt men ikke overdådigt. Bade- værelset er lille, men sengen stor. Jeg må undersøge, om den er god. Får lyst til at blive liggende. Får lyst til ham. Kan ikke vente. Det er svært at se udsigten, da der er mørkt udenfor. Den kan vente til i morgen. Jeg skifter til min lidt vovede røde kjole.Sparer ikke på parfumen og læbestiften. Børge nøjes med at skifte skjorte.

Nu vil vi have en hurtig godnatdrink og så tilbage til værelset.

Vi har set, hvor baren er. Stiler målrettet hen mod den, Der er masser af glade og forventningsfulde mennesker. Dæmpet musik gør stemningen romantisk, og gæsterne har stjerner i øjnene. Der står skrevet FERIE på panden på alle.

Vi er godt i gang med vores drinks, da receptionisten viser sig i baren og kalder mit navn. Jeg rejser mig undrende.

– Jeg har fået en opringning fra en herre fra Danmark, Han vil høre, om Marie Sørensen er kommet godt her- ned. Jeg beroligede ham og fortalte, at Marie Sørensen og hendes mand er vel ankommet men ikke er på deres værelse.

Børge blegner. Hans øjne får et hårdt udtryk, som Marie aldrig før havde set. Angst og irritation står malet i hans ansigt. Vi skynder os tilbage til værelset.

– Hvad fanden gør vi? Nu ved din mand og formentlig min kone, at vi er sammen.

Tankerne farer gennem Maries hoved. Hun begynder at græde. "Kan jeg nu komme hjem? Søren er imod utroskab. Han er sikkert rasende. Hvad nu med Søren og mig? Hvad med børnene? Hvad med Børge." Hun kaster sig hysterisk på sengen. Smider skoene i raseri mod døren. Børge ænser hende ikke. Trøster ikke.

– Vi tager hjem i morgen. Hans stemme er kold.

– Lad os tale om det. Marie kigger bedende på ham. Hun er utrøstelig. Ryster over hele kroppen. Søren svarer ikke. Slukker lyset uden at sige god nat.

De lægger sig til at sove med ryggen mod hinanden.

Den der ikke vil høre må føle

PINSEAFTEN

De havde fået nye naboer. Et ungt par "sat ind" af kom- munen. Det var ikke svært at se eller høre. Roderi, larm og højlydte skænderier. Naboerne hviskede om børn, der var taget fra dem for ikke at tale om stoffer. Det var sikkert sandt.

De små rækkehuse lod intet uhørt. De små haver skjulte ikke noget. Indtil nu havde der kun boet pensionister, som nikkede venligt til hinanden, når de mødtes. Det var forår. Buskene stod på spring med de første blomster, og potte- plantener var sat ud på terrasserne sammen med havestolene.

Nabohaven pralede med skvalderkål og knæhøjt græs, pyntet med gamle flasker og affald.

*

Marie og Frode har nydt dagen. Pinsesolen har stået højt på himlen og varmet deres vintertrætte kroppe. De har spist frokost og drukket kaffe på terrassen. Fået en lille lur og slappet af. Fra golfbanen få meter borte kan de høre slagene fra køllerne. Indimellem høres et "Fandens også."

Frode har købt en god rødvin og to gode bøffer i SuperBrugsen. Det er vel pinse. Og mens Marie for- bereder aftensmaden, nyder han en kold øl og varmen fra de sidste solstråler. De er blevet for gamle til at stå tidligt op for at se pinsesolen danse, Mætte af sol, mad og vin er det tid til den sene TV-avis. Den viser den sædvanlige uro rundt omkring i Verden. Skyderier og slagsmål.

– Skruer du lidt op for lyden? Jeg har svært ved at høre, hvad de siger.

– Det er ikke kun larm fra fjernsynet. Jeg går ud og ser, hvad der sker.

Frode mødes af råb, eder og latter fra naboens åbne havedør. Musikken kører på højeste volumen. Bølgerne går højt. Der er gang i øllene. Der skal festes

Omkring midnat mener Frode, at nu kan det være nok. Han banker på naboens dør.

– I husreglerne står der skrevet, der skal være ro senest kl. 23.00.

– Ha ha, det har du misforstået. Der menes i morgen formiddag. Og gå så og hold din kæft. Ellers skal jeg lukke munden på dig.

– Bravo Wolle, lyder det fra de andre i gruppen.

Wolle ser ikke rar ud. Han er typisk rocker. Frode får indtryk af, han er leder af slænget. Hans hoved er kron- raget. Et ildrødt ar lyser hen over hans isse, øjnene er kolde og blå, og han har et væmmeligt grin om munden. Indbyder ikke til nærmere bekendskab og er helt klart ikke den hurtigste knallert på havnen.

Frode kan tælle 4 mænd og 2 kvinder. Alle med et ud- seende, som han ellers kun ser på TV. Tatoveringer over alt. Ringe i næser og læber. Slidte jeans og læderjakker. Kvinderne i nedringede bluser og malede ansigter. Alt i alt en køn forsamling.

Frode trækker sig hurtigt tilbage. Han er rystet. Håber på en smule mere ro. Men nej...

En time senere er flokken samlet på græsplænen godt berusede af alkohol. Det flyder med eder og ukvemsord gennem luften. De råber og skriger. Måske er der noget om den snak om stoffer? Deres opførsel tyder på det.

– Mon I kunne dæmpe jer lidt, så vi andre kan få nattero? Frode og Marie er gået ud i haven.

Nu springer Wolle over hækken. Frode og Marie vakler forskrækket tilbage. Men Wolle er hurtig. Han griber Frode i hoved og røv og kaster ham med voldsom kraft gennem den åbne havedør, hvorefter han sparker Marie, så hun ryger hen ad fliserne..

– Nu holder I jeres kæft, ellers skal farmand her komme igen og gøre arbejdet færdigt.

Marie har ramt et havebord og slået det ene ben. Hun græder og ryster over hele kroppen af skræk. Frode ligger lamslået på stuegulvet som en sæk kartofler, der er smidt ind af døren. Han bliver liggende længe. Tør ikke rejse sig. Endelig vover han sig hen til en stol. Marie græder stadig. Der er kun ét for dem at gøre. De ringer efter politiet.

– I må udpege ham, der øvede vold mod jer, så vi kan arrestere ham. Betjentene kigger indtrængende på dem.

Frode og Marie kigger på hinanden. De ryster stadig. Ingen af dem siger noget. De husker begge Wolles sidste ord.

– Der er jo så mørkt, at vi ikke rigtig kunne se, hvem det var. Marie græder. Angsten står malet i deres øjne.

– Hvis I ikke kan fortælle, hvem det er, kan vi kun betragte det som husspektakler. Er I sikre?

Det er de.

Betjentene har straks set og forstået problemet. Angsten har fået overtaget. Betjentene har talt med Wolle og hans gæster men har intet fået ud af dette. De kan derfor kun skrive rapport.

– Hvis I stadig ikke kan fortælle os, hvem det var, kan vi desværre ikke gøre mere. Hvis I ændrer mening, kan I ringe.

Betjentene forlader dem. Frode låser omhyggeligt alle døre.

Det trækker op til regn. Himlen er blevet tung og truende.

De får ingen søvn. Ud ad vinduet ser de Wolle forlade festen. Og han ser dem. Knytter næverne truende mod dem, mens han slår en hoverende latter op.

– Vi ses, råber han.

GUD TILGIVER DUMHED
MEN IKKE DUMHEDER

DUGEN

Jeg har aldrig været god til håndgerning. Skal jeg strikke, taber jeg altid masker. Eller jeg strammer strik- ningen på vrangpinden. Skal jeg sy, stikker jeg mig på nålen. Vores håndarbejdslærer i skolen hed fru Schur. Jeg kaldte hende fru "Sur", da hun altid var irriteret, når hun skulle samle masker op for mig. Det gik lidt bedre med hækling og syning. Der var kun piger i klassen, når vi havde håndgerning. Vi havde hæklet sengetrøjer. Nu skulle vi brodere duge. Vi måtte selv vælge farven på stoffet. Jeg valgte lysegrøn. Vi skulle sy hardanger- syning og venetiansk syning med hvidt brodere garn. Hun viste os et eksemplar på en dug, inden vi begyndte og sagde: "Det er nok ikke i alle hjem, man bruger så fin en dug!" Jeg kunne ikke lide den slags duge. "Hvad skulle jeg med den? Hvad mente hun? Ikke alle hjem?"

– Husk at vaske hænder, inden I begynder at sy. Har du husket det Jonna? Hun kiggede på mig. Altid på mig. Hvorfor havde hun valgt mig som syndebuk. Jeg kom fra et ærligt og arbejdsomt hjem. Hver gang hun rettede sit arrogante blik mod mig, tænkte jeg: "Herre Gud, du er ikke engang uddannet lærer men opfører dig som en professor, bare fordi du er gift med overlæreren."

Jeg har senere tænkt, hvordan hun kunne bruges som underviser. Hendes pædagogiske og empatiske evner rakte ikke langt.

Dugene blev færdige. Vi nærmede os eksamen.

– Husk nu, dugene må ikke vaskes og stryges inden bedømmelsen.

*

"Hvorfor hænger min dug i her? Den er våd." Jeg var gået i kælderen efter min cykel. Foran mig kunne jeg se min dug hænge på tørresnoren. Rummet forsvandt. Jeg greb fat i cykelstyret for ikke at falde. Stirrede fortvivlet på dugen.

Min mor var i færd med at vaske op. Hun stoppede og så forskrækket på mit ophidsede ansigt.

– Du har vasket min dug. Det må vi ikke. Nu bliver fru Schur rasende. Hvad skal jeg gøre? Min mor blev meget stille. Hun kendte min lærer.

– Det var jeg ikke klar over. Ville gøre det så godt.

Hun havde sat sig på en stol. Forsøgte at række ud efter mig, men jeg ænsede kun den forbandede dug. Jeg stirrede desperat ud af vinduet. Tårerne pressede på. "Nu dumper jeg til eksamen på grund af en fjollet dug. Nu bliver jeg aldrig til noget."

Udenfor morede to piger sig med at ramme hinanden med en bold. De lo højt. Verden gik forbi derude. Min verden var faldet sammen.

– I morgen kontakter jeg Fru Schur og forklarer hende, at det er mig, der har vasket dugen uden at vide, det ikke er tilladt. Så forstår hun og tilgiver dig. "Ja, lille mor. Det er noget, du tror."

Jeg kunne se, pigerne var holdt op med at lege. Den ene græd. Den anden sagde noget, jeg ikke kunne høre. Hun så vred ud.

Livet var og er omskifteligt

*

Jeg vågnede næste morgen efter en nat uden megen søvn. Kunne høre døren smække da min mor forlod huset. På køkkenbordet fandt jeg en seddel: "Kontakter fru Schur for at forklare, at det er mig, der har vasket dugen. Alt ordner sig."

Jeg havde læseferie, men kunne ikke koncentrere mig. Spiste morgenmad uden at vide, hvad jeg spiste. "Hvad siger mor til fru Schur. Hvad siger fru Schur til mor". Jeg fandt lærebøgerne frem. Kunne ikke holde ordene fast. Koncentrationen nægtede at være tilstede. Kiggede utålmodigt ud af vinduet. "Hvornår kommer mor."

Jeg hørte trin på trappen. Løb hende i møde. Var ved at falde over mine egne ben.

– Hvad sagde hun? Mit hjerte bankede af nervøsitet.

– Hun vil tale med dig. Siger du er uopmærksom i timerne, næsvis og at du får en dårlig karakter på grund af dugen. Desuden ...

Jeg hørte ikke resten af ordene. Fandt min cykel. Spurtede afsted rød i hovedet af raseri og udmattelse. Smed cyklen op ad skolens mur. Åbnede døren til fru Schurs kontor uden at banke på. Jeg var så ophidset, at jeg var ved at besvime. Jeg var 15 år og hverken næsvis eller uopmærksom. Hvorfor sagde hun det om mig. Jeg følte, mit hjerte var ved at sprænges.

Fru Schur sad ved sit skrivebord med en kop kaffe. Kiggede forvirret op, da jeg rødglødende af raseri stormede ind i rummet. Hun forsøgte et anstrengt smil som stivnede, da hun så mit ansigtsudtryk.

– Er det dig Jonna!

– Ja det er mig. Hvordan kan De sige, jeg uopmærksom og næsvis? Det passer ikke. Det har jeg aldrig været. Hvorfor skal jeg have en dårlig karakter for noget, jeg ikke har gjort. Det er ikke retfærdigt. Det er mit håndarbejde, De skal bedømme og ikke mine forældres sociale status. Jeg er sikker på, De ved, hvad jeg mener. Og jeg ville overveje mine evner som lærer, hvis jeg var Dem. Jeg ved godt, jeg kun er en skoleelev. Men man kan godt se forskel på retfærdighed og uretfærdighed, når man er 15 år. Det har De aldrig lært.

Fru Schur forblev tavs. Afbrød mig ikke. Var jeg gået for langt? Kunne jeg se en antydning af fortrydelse i hendes øjne, da jeg uden et ord mere forlod lokalet. Eller var det vrede?

SANDHEDEN ER ALTID ILDE HØRT

Bennys Konfirmation

Alle sejl var sat hos naboen. Sønnen Benny skulle kon- firmeres. Vi fulgte omhyggeligt med i alle forbe- redelserne. Vores huse var adskilt af en lav hæk, så vi kunne ikke undgå at være tilskuere.

De var en familie, som familier er flest. Bennys far var brandmand og moren var dagplejemor. De havde børnene Benny, Joachim, og en handicappet datter Rikke. Benny var den ældste, og han var min bedste kammerat. Jeg havde aldrig før været til konfirmation, så jeg var både spændt og nervøs. Selv skulle jeg konfirmeres året efter og glædede mig til at se, hvordan en konfirmation skulle være.

Benny havde fortalt mig, der skulle komme både familie og venner, og at jeg var det eneste barn, der var inviteret udover deres egne børn. Det var lidt skræmmende, men jeg kunne jo altid smutte.

Bennys far havde haft travlt med at slå græsset og feje fliserne. Hækken var også blevet klippet, så nu kunne vi nøjes med at hoppe over den, når vi ville besøge hinanden. Han havde endda malet stakittet rødt. Det var tiltrængt, da det efterhånden var så nedslidt, at man ikke kunne se, hvilken farve det havde haft.

Bennys far var normalt rolig og venlig, men i tiden op til konfirmationen, kunne jeg godt høre, hans humør var på kogepunktet. Han skældte ud på sin kone og råbte vredt efter de to store hunde, som gravede i haven og be- sørgede på fliserne, selv om der lige var blevet fejet og revet.

Jeg var bange for hundene. Normalt var de bundet eller lukket inde, men når de var fri i haven, holdt jeg mig hos mig selv og gik kun med over til Benny, hvis han var sammen med mig. Bennys far havde et bijob som vagtmand, og de to hunde var derfor oplært til at holde vagt og holde uvedkommende personer væk. Når de knurrede og viste tænder, fløj mit hjerte op i halsen, og det var ikke nogen rar fornemmelse.

Bennys mor var flink. Hun havde nok at se til med en handicappet datter, en travl mand, to hunde og yderligere to børn. Hun havde desuden 3 dagplejebørn. Huset var indrettet, så der også var plads til dem. Ofte var der så megen larm hos dem, at min mor måtte lukke vinduerne for at få lidt ro. Mig gjorde det ikke noget.

Jeg havde fået nyt tøj i dagens anledning. Det var ikke lige den grønne trøje og de smarte cowboybukser, jeg havde tænkt mig, men jeg fik at vide, at når jeg skulle konfirmeres næste år, ville jeg blive en dyr herre, så det måtte jeg tænke på. Jeg var også blevet klippet. Da jeg stod nyvasket og omklædt, kunne jeg ikke kende mig selv. Mor havde købt en Tarzan- bog til Benny, selv om jeg havde fortalt hende, at han sikkert hellere ville have penge.

"Alle har godt af at læse bøger – også Benny." Hun havde sagt det så overbevisende, at jeg næsten selv troede på det.

Nu stod jeg så klar i udklædning og med bog. Jeg følte mig meget fin og meget nervøs. Tiden var moden til at hoppe over hækken, tage en dyb indånding og banke på naboens dør.

Der summede af stemmer, da jeg ankom. Bennys far stod stiv som en tinsoldat i døren og sagde velkommen. Han var rødbedefarvet i ansigtet og så helt forkert ud i sort tøj og en hvid skjorte. Jeg kunne høre Bennys mor inde i stuen. Hun talte hurtigt og nervøst med en dame, som jeg aldrig før havde set. Heldigvis kom Benny hurtigt hen til mig. Han ville vise mig sine gaver. Jeg gav ham bogen og overså hans skuffede udtryk. Selv ville jeg have haft det på samme måde. Jeg skyndte mig at sige, at min mor havde sagt, bøger er gode for børn.

Bennys forældre havde ikke nogen stor stue, men de havde mange møbler, og i dag var det næsten umuligt at komme frem og tilbage. Der var dækket et langt bord med forskellige stole. Det så faktisk sjovt ud. Og endnu sjovere var det at se, hvordan nogle tykke damer havde besvær med at komme forbi hinanden, da de skulle finde deres pladser ved bordet og skrue sig ned i stolene.

Bennys far slog nu på sit glas og rejste sig. Han trak vejret dybt, – I skal alle sammen være velkommen til Bennys konfirmation. Nu skal vi have noget godt at spise mad og masser af øl og snaps,

Han satte sig hurtigt ned igen. Så sig stolt omkring, som om han havde holdt en vigtig tale.

Bennys mor sad for bordenden. Her kunne hun holde øje med køkkenet og de to damer, der skulle sørge for maden.

Jeg sad ved siden af Benny. Jeg var stolt over at sidde ved siden af min bedste ven. Bennys søskende sad ved den anden bordende. Resten af gæsterne var meget ældre end os. De så ud til at kende hinanden.

Så kom maden ind. Masser af forskellige sild. Jeg hader sild. Det gjorde de voksne ikke. Dernæst øl og snaps. Alle fik stjerner i øjnene. Stemningen steg betydeligt. Gæsterne talte efterhånden så højt i munden på hin- anden, at man ikke kunne høre, hvad de sagde.

Efter at have ventet længe kom næste ret på bordet. Det var flæskesteg med kartofler og sovs. Endelig noget jeg kunne lide.

Bennys moster skulle på toilettet. Alle på samme side af bordet måtte rejse sig, så hun kunne komme forbi. Pludselig lød der et højt brøl fra Bennys far.

– Hvad fanden har du gang i? Du har væltet sovseskålen, så sovsen løber hen ad bordet.

Vild panik. Damerne fra køkkenet kom løbende med klude. De forsøgte at fjerne så meget sovs som muligt. Bennys mor rystede på hænderne og var lige ved at græde.

– Har du ikke lært at opføre dig ordentligt?

Det var igen Bennys far. Han stirrede rasende på den uheldige moster.

– Jeg kunne ikke komme forbi. Undskyld.

Der kom mere øl og snaps i glassene Jeg tænkte, at nu bliver alt godt igen. Gæsterne tog godt for sig. Ukvemsordene druknede.

Rikke havde svært ved at sidde stille. Jeg havde set, hun havde rejst sig fra stolen flere gange. Hver gang havde hun fået besked på at sætte sig igen. Alligevel var hun pludselig forsvundet. Ingen af de voksne have lagt mærke til det, indtil der pludselig lød høje råb fra køkkenet.

En af køkkendamerne kom skrigende. Hun var vild i øjnene og ligbleg, som havde hun fanden i hælene. Men det var ikke fanden. En af hundene var sluppet fri og havde lugtet den gode mad fra køkkenet. Det kunne den ikke modstå. Den var kommet ind i køkkenet med åben mund, som var den parat til at sluge køkkenpersonalet.

Bennys far rejste sig med et sæt, så stolen væltede.

– Hvad fanden sker der nu? Hvem har lukket køteren ind?

– Det skulle vel ikke være din egen åndssvage datter. Hun er den eneste, der ikke er til stede.

Det gav et sæt i Benny. Han hviskede til mig, at det var hans farbror, der talte.

– Kalder du min datter åndssvag? Sidder du i mit hjem og kalder min datter åndssvag?

Bennys far havde endnu ikke sat sig og begyndte nu at gå hen mod broderen. Heldigvis var der ikke plads, så han kunne komme forbi de forstenede gæster. Der var faldet dyb tavshed over selskabet. Et uvejr var ved at bryde løs.

– Nu kommer desserten.

Bennys mor brød ind med dirrende stemme.

– Nu kommer desserten. Tag en snaps mere. Nu kommer desserten.

Den var lækker. Lagkager af forskellig slag is. De måtte da kunne køle gemytterne ned.

Der blev ikke sagt meget under desserten. Tavsheden lå som en tæt tåge over bordet. Jeg spiste tre portioner. Fik ondt i maven. Var det af isen? Eller var det af skræk?

Herefter var der kaffe. Men først skulle benene røres, og gæsterne gik ud i haven. Der havde bredt sig en underlig stemning. Som om et eller andet var i vente. Alle gik hvileløst rundt og glemte helt at beundre haven og den fine orden. Vi børn var også gået med ud og havde håbet at kunne lege lidt. Det nåede vi ikke.

Rikke havde taget en bold med for at spille med os. Hun kastede bolden hen mod mig, men ramte i stedet en ældre dame, som uheldigvis var farbroderens kone. Hun blev ramt midt i ansigtet og udstødte et højt hyl.

– Nu er det fandeme nok, brølede farbroderen.

Han for som en olm tyr over Bennys far, og der opstod et slagsmål, som jeg kun har set på TV. Damerne skreg, de skulle holde op. Mændene skreg, de skulle holde kæft. Jeg sagde ingenting men løb hjem.

Min mor og far havde ikke kunnet undgå at høre tumulterne.

– Nu laver jeg varm chokolade og boller. Min mor kunne se på mig, jeg var forskrækket.

– Er det sådan, en konfirmation skal være? Jeg tror ikke, jeg vil konfirmeres næste år.

En løgn koster sandheden

JERNBANEGADE 17

De har ikke set hinanden i 25 år, selv om de har gået 4 år i samme klasse på en pigeskole. Ingen af dem har haft kontakt, men nu har Inge besluttet, de skal mødes. Hun har derfor sendt invitation til dem alle, og til hendes store glæde har ingen sendt afbud.

Inge bor i en beskeden lejlighed i en forstad til Odense. Hun er fraskilt og har ingen børn. Selv om hun har et godt arbejde som lærer på en skole og nogle få gode venner, føler hun sig ensom. Der sker ikke meget i hendes liv efter skilsmissen. Bilen har hendes eks taget med. Kolleger og venner har mere eller mindre nok i deres eget. Måske vil der blive en god fremtidig kontakt til en af skoleveninderne.

"Mon de lignede sig selv?" Hun husker dem svagt. Bodil, yndig og forsigtig men uden humor. Grete, kvik og altid med en rap bemærkning. Jutta, sur og mistænksom. Sidst men ikke mindst Myrna, som alle elskede at moppe.

Inge har haft travlt hele dagen. Indkøb, rengøring, planlægning. Hun gik hen til supermarkedet, så snart de åbnede. Der skulle købes ind til hamburgerryg. Den kan tilberedes i god tid. Det samme gælder grønlangkålen og kartoflerne. Desserten skal være is. Det kan alle lide. "Bare ingen af dem er vegetar eller vegan". Inge valgte 3 flasker god rødvin, selv om de oversteg budgettet. Så må hun spare de næste dage. På vej ud af butikken så hun blomsterne. Havde glemt alt om dekoration og servietter. Tilbage igen.

De skal heldigvis kun være fem ved bordet. Så kan hun undgå at forlænge med en bordplade. Hendes pæne lyseblå dug når lige netop begge ender af bordet. Mågestellet og rødvinsglassene kommer på plads. Nu mangler kun bestik, servietter og blomster. Inge kan med glæde beundre sit festlige bord. Glæder sig over, hun har taget mod til at inviteret veninderne.

Et hurtigt bad. Håret sat på bedste vis. En omhyggelig makeup og til sidst den lysegrønne kjole med flæserne. Hun husker også øreringene. De andre piger er sikkert smarte.

Alt er gået efter planen. Hun tjekker maden og bordet en sidste gang. Nu er der kun at vente.

*

Grete er den første, der kommer. Inge kan høre hendes raske trin på trappen. Der lyder et lystigt "Hej og tak for invitationen" Hendes glade, runde ansigt lyser af energi. Der står hun, rund og farvestrålende, en veloplagt vitaminbombe. Lidt efter kan hun høre Jutta og Bodil. Deres stemmer lyder velkendte. Latteren bølger omkring dem. Bodil må have sagt noget morsomt, som kan få selv Jutta til at more sig. De ligner sig selv. Det skal nok blive hyggeligt.

– Velkommen. Dejligt at se jer. Kom ind og sæt jer. Vi mangler kun Myrna.

Samtalen går nogenlunde. Inge har frygtet, der vil blive lange pause. De er alle tre, som hun husker dem. Bodil beskeden og fåmælt. Juttas surhed mejslet i hendes skarpe, magre ansigt. Grete med sit vurderende blik hvilende intenst på dem alle.

Endelig kommer Myrna, iklædt en tætsiddende, spraglet buksedragt. "Hun ligner en spraglet papegøje fra Zoo". tænkte Inge. Hun kan se, de andre tre "lave øjne", nøjagtigt som i skoletiden.

– Hej girls, sorry jeg kommer for sent. Det er svært at finde parkering til volvoen, kurrer Myrna.

– Det vil være nemmere for dig at tage bussen. Her i området er det svært at finde parkering. Det kunne du jo ikke vide, siger Inge forstående.

– Busser er besværlige. Jeg tager altid bilen. Også på arbejde, siger Myrnas røde læber.

Nu er alle samlet. Inge byder til bords. Snakken går lystigt. Alle spiser med stor appetit og roser både borddækningen og maden.

– Min mand Niels og jeg spiser for det meste ude.Vi har begge så travlt. Men det er dejligt at smage din gode hamburgerryg. Myrna ser ud til at mene det.

– Kan du ikke lave mad? spørger Bodil forsigtigt. Det er da hyggeligt at tilberede lækker mad og så nyde den sammen med sin mand og børn.

– Børn, bevar mig vel. Skal man så slæbe rundt på dem, når man skal til party? Mad er besværligt og kedeligt at lave. Man knækker altid sine negle, når man lige har fået dem ordnet. Myrna viser stolt sine lange, rødlakerede negle frem. Grete forsøger at skjule et ironisk smil.

– Så er der kaffe og chokolade. Det tager vi ved sofabordet.

Inge føler sig opstemt men også utilpas. Middagen er gået godt. De har drukket al rødvinen, og humøret er højt. Alligevel er der en anspændt og underlig stemning i rummet. Veninderne har fortalt om de sidste 25 år af deres liv. Det er ikke de store oplevelser, uddannelser, ægteskab, skilsmisser, børn, glæder og skuffelser. Helt almindelige liv som Inges. Kun Myrna kan fortælle om fantastiske oplevelser og succes.

Alle har nu hørt om Myrnas og manden Niels' fantastiske liv. Myrna er ikke færdig.

– Vi har valgt karrieren. Niels har en stor stilling inden for finansverdenen, og jeg er direktør i et importfirma, hvor vi har store kontakter i udlandet. Vi har en dejlig penthouse lejlighed med lækre designmøbler, hvor vi ofte har venner og forretningsforbindelser til middag eller selskab. Vi udvider ikke vores omgangskreds, da Niels ikke har lyst. Men jeg er glad for, jeg fik tid til at være samme med jer i aften.

Alle lytter til Myrnas beretning om sit prægtige og spændende liv. "Tænk hvor heldig og dygtig Myrna er." Jeg er forvirret. "Hvorfor har jeg ikke hørt om Myrna og hendes mand?"

Det er blevet sent. Der bliver sagt tak for en dejlig aften. Alle har nok håbet, Myrna vil tilbyde at køre dem hjem, men hun undskylder sig med, hun er træt. Det må blive en anden gang.

Inge går i gang med oprydningen, selv om hun har mest lyst til at vente til næste dag. Hendes tanker vil ikke lade hende i ro. Opvasken kan vente, men der skal ryddes op i stuen. På bordet ved siden af lænestolen ligger Myrnas sølvtaske. Hun fortalte om den lækre forretning i Paris, hvor hun har købt tasken.

"Den måtte jeg eje. Man tager ikke til Paris uden at shoppe", havde Myrna sagt. "Fint," tænker Inge. "Den tager jeg med i morgen, når jeg skal til tandlæge i Odense. Jeg ved, hvor hun arbejder."

*

Så snart Inge er færdig hos tandlægen, finder hun adressen på firmaet, hvor Myrna er direktør.

Der sidder en ung pige i receptionen.

– Mit navn er Inge Hansen. Jeres direktør Myrna har glemt sin taske hos mig. Jeg vil bede dig aflevere den til hende og hilse fra mig.

– Vores direktør hedder Magnus Koch. Vi havde ganske rigtigt en pige, der hedder Myrna. Hun arbejdede på lageret. Hun forlod os for et halvt år siden på grund af nedskæringer.

Inge ved ikke, hvad hun skal sige. Forvirringen lammer hende.

– Jeg må have misforstået noget. Har du hendes adresse, så jeg kan aflevere tasken?

– Et øjeblik. Sekretæren finder hurtigt adressen.

– Ja, hun bor til leje Jernbanegade 17 på tredje sal.

HELVEDE ER AT HAVE TABT HÅBET

BØNNEMØDE

Jeg er for nylig flyttet til byen. Stor er den ikke. Jeg kan høre Vesterhavets brusen, når stormen viser tænder. Træerne har ikke megen vokselyst, ligner små dværge, som tiden har gjort krumbøjede. De vender alle ryggene mod vest for at beskytte sig mod vinden. Man har forsøgt at anlægge noget, der skal være en have, men det er som om, al vegetation har givet op. Når jeg kigger mig omkring, undrer jeg mig over, hvordan de små fiskerhuse har kunnet rumme så mange familiemedlemmer. De ligger spredt og dukker sig, som vil de forsøge at undgå blæsten. Jeg har tidligere læst "Fiskerne" af Hans Kirk. Det liv han her fortæller om, har jeg svært ved at forestille mig. De kom netop fra et samfund som dette, inden de flyttede til Gjøl ved Limfjorden. Jeg ved, det er andre tider nu, men når jeg ser mig omkring, kan jeg levende forestille mig, hvordan tiden har været. Jeg fornemmer havets truende ansigt, selv om det en sommerdag kan lokke med søde kluk og det smukkeste lys, man kan forestille sig over den rolige blå/grønne flade. Men jeg har også læst, at selv en tåbe frygter ikke havet.

Der er ikke mange butikker i byen. Jeg ser en slagter, to købmænd, en bladkiosk, to damefrisører, en telefoncentral, et missionshus og en kirke. Det er ikke pralende bygninger. Kun kirken knejser højt over det hele omgivet af kirkegården, som man forsøger at holde pæn.

På kirkegården får jeg øje på en mindetavle. Her står navnene på et antal fiskere, som for mange år siden mistede livet på havet under en voldsom storm. I dag har fiskerne meget større og sikre både. Frem for alt har man kontakt til bådene på havet via f. eks. Radio Blåvand. Men sådan har det ikke altid været. Jeg kan forestille mig, hvordan hustruer og børn har haft det, når deres far, mand og forsørger har kæmpet med bølgerne i en voldsom efterårsstorm. Der er blevet sendt mange bønner om hjælp. De har sat deres lid til Gud, stået ved havet og spejdet. Bare ikke ...

I dag er vejret dejligt. Det er søndag. Der er kirkegang kl. 16.

– Skal vi gå i kirke. Vi har aldrig overværet en gudstjeneste her i byen. Der er kirkegang kl 16. Jeg kigger forventningsfuld mod min mand Niels.

*

Jeg var kommet til at tænke på min gode veninde Else, som er præstedatter. Vi var sammen som børn, så ofte vi havde mulighed for det. Også om søndagen. Dette medførte, vi begge gik til gudstjeneste. Det var et krav fra faren. Det var desuden hyggeligt. Faren var grundtvigiansk præst og holdt morsomme prædikener. Så var også orgelmusikken og salmesangen. Jeg erindrer det smukke, hvide kirkerum og altertavlen med billedet af den korsfæstede Jesus. Else og jeg sad altid på en af de første stolerækker. Her kunne jeg fordybe mig i billedet af Maria og Magdalena, der knælede ved korsets fod. Deres ansigter var stivnede i sorg. Der var yderligere to personer på billedet. De var også korsfæstet. Jeg har aldrig glemt netop denne altertavle. Den satte mange tanker i sving i mit barnehoved. Nu fik jeg pludselig lyst til igen at være en del af fællesskabet. Deltage i en gudstjeneste. Se byens kirke og altertavle.

*

– Hvad siger du Niels. Han nikker bifaldende.

Jeg tager min pæne frakke på. Niels nøjes med sin nyeste jakke.

Der er ikke langt til kirken, så vi spadserer og nyder søndagens ro. Der kører ikke mange biler på gaderne, men der er en del mennesker, som stiler mod samme sted som os. Det er altid dejligt, når der er mange til en gudstjeneste – både for præsten men også for salmesangen. Jeg nyder, hvis jeg kan gemme mig bag en god basstemme. Så kan jeg skrue op for volumen.

Kirkerummet er dejlig varmt. Der er næsten fyldt op på bænkerækkerne. Vi sætter os bagerst i kirken. Vi vil gerne være så ubemærkede som muligt. Forsøger at blive i ét med skyggerne. Men det lykkes ikke. Til gengæld forstummer stemmerne i kirkerummet ved vores ankomst. Vi er utroligt interessante. Ser de skjulte øjekast. "Hvem er de?" Mange må have set os tidligere i andre sammenhænge. Der hviskes. Man taler ikke højt i kirken.

Orglet spiller dejligt. Organisten har valgt en af mine favoritter som præludium: "Jesus bleibet meine Freude" af J.S.Bach. Det tegner godt.

Så toner præsten frem i sin sorte kjole. Han ser meget alvorlig ud, nærmest bister. Vi synger nogle salmer, som jeg desværre ikke kender. Alligevel nyder jeg menighedens sang. Alle synger med. Det imponerer mig. De har læst flittigt på salmeversene i skolen.

Denne kirke har samme ritualer, som jeg kender fra andre kirker. Det er betryggende.

Så går præsten på prædikestolen. Jeg læner mig tilbage i sædet, så godt som det nu er muligt at sidde på en kirkebænk. Nu vil jeg nyde prædikenen. Jeg bliver hurtigt vækket af min nydelse. Det er ikke nogen nydelse. Præsten taler over dagens tekst, men har en helt anden fortolkning end den, jeg tidligere har hørt. Ord som dommedag, fortabelse, synder, helvede, straf og lignende slynges ud i kirkerummet som hagl fra et jagtgevær. Niels og jeg skæver til hinanden. Jeg får det dårligt. Har svært ved at trække vejret. Jeg kan se, Niels har det på samme måde. Kan præsten mene, dette er Guds ord.

Inden jeg gik til gudstjeneste, havde jeg besluttet, jeg vil til alters. Det holder jeg fast i. Alle kigger på mig. Jeg knæler sammen med de andre. Kender ritualet. Modtager både oblat og altervin. Præsten kigger mig i øjnene med et borende og undersøgende blik. Forsøger han at se ind i en fortabt sjæl. Jeg kigger forundret tilbage. Hvad forventer han?

Da vi forlader kirken, er der blæst op. Der hænger tunge, grå skyer på himlen. Regnen kan tromme ned hvert sekund. Vejret har ændret sig. Alt virker trykkende. Vinden rusker i os. Eller er det Vorherre ...

Vi går hurtigt tilbage til vort hjem. Ingen af os siger noget

Vi fornemmer begge, hvad den anden tænker. Skuffelse og vemod presser på.

En stærk, varm kop kaffe og en hjemmebagt bolle med tandsmør letter på trykket. Det var dagens lektion...

*

Det banker på døren. Jeg lukker op. Ser spørgende på en gruppe alvorligt udseende mænd med skæg og alvorlige øjne. De er alle klædt i sort. "Hvem er død?" Den ældste træder et skridt frem. Ser på mig med et borende blik.

– Vi så dig i kirken i går. Vi så med glæde, du gik til alters. Vi glæder os over, vi har fået en ny omvendt i vores flok. Velkommen. Nu vil vi indbyde dig til et møde i missionshuset næste uge. Her kan du være med os, når vi sammen bekender vore synder.

Jeg har intet svar. Lukker og låser omhyggeligt døren.

SEX ER EN FØLELSE I BEVÆGELSE

NYMFOMANI

Alle vore mænd frygtede hende. Ikke at hun var voldelig, men at hun jagtede alle de mænd, der var i hendes nærhed uden hensyn til alder eller udseende. Hun hungrede efter kærlighed og sex. Vi talte om hendes åbenlyse, nedværdigende opførsel og havde samtidig ondt af hende.

Hun havde mange gode sider. Det var altid hende, der arrangerede overraskelser, når nogen af os havde fødselsdag, skulle giftes eller fejres på anden vis. Hun var gæstfri. Inviterede gerne til frokost eller middag. Hun var veluddannet, gift og boede i et dejligt hjem sammen med en højtuddannet mand – godt nok i ægteskab nummer to for begges vedkommende. Det var her, problemet lå begravet.

Bitten var født og opvokset i København. Hun var rødstrømpe, frigjort og indstillet på, at hun var den, hun var – sin egen og ingen andens. Hun ville kaldes sit eget efternavn og ikke sin mands. Hun var sig selv.

Bitten var ikke specielt køn, mager, nærmest senet, bleg og med en kort, kedelig frisure. Hendes hår kunne være smukt, hvis det blev plejet. Desværre var det farvet i en provokerende gulerods rød farve. Hun bevægede sig altid med raske skridt, som skulle hun indhente nogen eller noget. Værst var hendes tøjstil. Hun var altid iført spraglede strømper, som de andre kvinder betegnede som "Bitten strømper". Man kunne ikke undgå at bemærke disse, da hun desuden altid var iført ret korte nederdele. Ben og spraglede strømper var hendes kendetegn. Dette var også hendes sprogbrug. Selv om Bitten var vokset op i en overklassefamilie, havde hun med tiden tilegnet sig et sprog, som ikke helt svarede til hendes forældres stand. Hun havde et ordvalg, som kunne få folk til at spærre øjnene op. Uafbrudt talen om alt og intet, afbrudt af en gøende latter.

Bittens mand Henning var venlig og rar, men menneskelig forståelse og hensyntagen var ikke hans stærke side. Han kendte Bitten, før han blev enkemand. Hun havde plejet hans første hustru under dennes sygeleje. Bittens hjælpsomhed og omsorg for hans hustru havde medført, at han efter hustruens dødsfald havde bedt Bitten gifte sig med sig. Dette blev en stor misforståelse for begge parter. Desværre var Bitten og Henning totale modsætninger. Hvor Bitten var fandenivoldsk, var Henning en dødbider. Han var altid klædt i gråt. Grå bukser med knivskarpe læg. Grå skjorte med stive flipper, fuldendt af en grå jakke. Han var rund og trivelig, bleg, gråhåret og ordknap. Grå som en tåget efterårsdag, hvor Bitten var en palet, hvor farverne var smurt tilfældigt på.

Jeg erindrer et middagsselskab hos fælles gode venner. Stemningen var tilsyneladende god. Der var lækker mad på bordet. Vinene var udsøgte og gæsterne glade og muntre. Pludselig skete der noget. Jeg sad over for Bitten og hendes mand. Havde et stykke tid haft en fornemmelse af, at noget var i gære

– Han rører aldrig ved mig og vil aldrig have sex med mig. Han taler kun om, hvor fantastisk hans tidligere kone var. Selv om jeg gør alt for at gøre ham glad og tilfreds, er det altid hende, han taler om og tænker på.

Den øvrige samtale gik i stå. Tavsheden var lammende.

– Hold din mund Bitten. Du har drukket for meget. Hennings stemme var iskold.

– Hold din mund eller gå hjem, fortsatte han.

Hun havde måske drukket for meget. Hun var kendt for at kigge dybt i flasken. Jeg havde ikke observeret, hun havde drukket mere end os andre, men havde bemærket, hun rystede på hænderne. Der måtte være andre årsager til hendes pludselige udtalelser. Resten af aftenen var skruet ned på lavt blus.

Min mand og jeg diskuterede episoden på hjemvejen. Vi talte om dengang, Bitten ugenert havde urineret på gulvet ved et selskab. Henning havde hånet hende og skubbet hende fra sig. En af de mandlige gæster havde fået ondt af hende og fulgt hende hjem.

Man skulle tro, hun havde lært af det, men hendes frustrationer var tværtimod vokset.

Jeg mindes klart en nat, hvor vi blev vækket ved, at en person stod neden for vort soveværelsesvindue og råbte:

"Bassemand, bassemand, kommer du? Jeg vil betale dig for at være kærlig ved mig". Det var Bitten. Var hun beruset eller fra forstanden?

Det blev mig, der skulle sige til hende, at Bassemand ikke på noget tidspunkt ville komme. At hun skulle gå hjem til Henning.

Mændene forsøgte på alle måder at undgå hende. Kvinderne

morede sig vel vidende, at både hun og Henning måtte have det forfærdeligt.

Hvad gør man i en sådan situation, når man bor i en lille by. Lader man som ingenting. Håber man, situationen bedres, selv om man er klar over, at det gør den ikke. Venter man på noget helt uventet, noget sensationelt eller noget sørgeligt?

Det er lørdag nat. Der er nogen, der hamrer på vores gadedør. Ingen af os hører godt. Vi lægger os om på den anden side for at sove videre. Tror måske vi har drømt. Men støjen fortsætter. Nu lyder der også råb, og vi kan høre højlydt gråd. Vi bliver klar over, der er noget galt.

Vi går begge ned og åbner hoveddøren. Bitten står rystende og halvnøgen på trapperne, ophovnet i ansigtet og med tårerne trillende ned ad kinderne.

– Luk mig ind. Luk mig ind. Han slår mig ihjel. Han har smidt mig ud. Hjælp mig.

Vi står rådvilde. Kan ikke se, om der er tegn på vold. Vil ikke så gerne rodes ind i noget. Vi kender jo Bitten. Er hun eller Henning gået over stregen. Vi har lyst til at sende hende hjem. Men vi er vel humane mennesker og sender ikke bare en stakkel væk. Vi lukker hende ind.

Efter at have fået en stærk kop kaffe og hørt hvad der er foregået, bliver vi klar over, vi er nødt til at lade hende overnatte hos os. Min mand ringer til Henning og fortæller, hans kone er her, og at hun overnatter her. Så må vi tales ved næste dag.

Næste morgen henter Henning sin kone. Han ligner en tordensky. Ser ikke venlig eller forstående ud. Bitten ryster over hele kroppen, da han uden hensyn brutalt trækker hende med ud i bilen. Vi kan ikke afgøre, om det er af abstinenser eller af skræk. Vi har det begge dårligt. Føler vi burde gøre noget, men hvad? Svigter vi et menneske i nød? De er jo voksne mennesker og gift. Vi har ingen ret over dem. At kontakte politiet vil være at gå for langt. Resten af dagen er trist. Vi begge tavse og eftertænksomme.

*

Vi hører ikke noget i mange dage. Så er alt sikkert godt igen.

Så læser vi dødsannoncen...

DET BLIVER OVER MIT LIG

BEGRAVELSEN

Vi kan høre kirkeklokkerne ringe i det fjerne. Jeg er på vej til begravelse. Onkel Herbert er død 86 år gammel.

Jeg har ikke set ham i mange år. Husker ham som en sød og venlig herre, altid fuld af sjov og utroligt vidende. Når der var skoleopgave, jeg ikke kunne løse i fx matematik og fysik, ringede jeg til Herbert. Han vidste alt og var i mine øjne verdens klogeste mand. Han var også distræt. Kaldte mig forskellige navne, mest navnene på sine egne døtre, inden jeg rettede ham og sagde: "Jeg hedder Lone". Så kiggede han på mig med et skævt smil og sagde "Jeg driller dig. Skulle lige se, om du er vågen."

Herbert var af den gamle skole. Han var ikke med på alt det nye. "Computer er noget skidt. Man skal kunne huske selv. Det skal den maskine ikke gøre for en" Det samme gjaldt mobiltelefonen. "Fastnet ved man, hvor man har. Alle farer rundt i huset og leder efter deres mobil. Nej, fastnettelefonen er altid på sin plads". Herberts gamle telefon hang, hvor den altid havde hængt, ved siden af plyssofaen og det gamle chatol, som han og Erna havde fået til deres bryllup.

Det var altid en oplevelse at besøge ham. Der lå bøger alle vegne, på bordet, i sofaen ja selv på gulvet. Han vidste, hvor hver enkelt bog lå.

Herbert var blevet enkemand for mange år siden. Det tog hårdt på ham, da hans elskede Erna døde. Han lærte sig hurtigt selv at lave mad, specielt smagte hans skipper- labskovs dejlig. Så måtte bordet tømmes for bøger og piber. Derimod var hans sans for påklædning falmet. Det gjorde ikke så meget, hvis fløjlsbukserne ikke var helt rene eller skjorten strøget. Trods hans nussede udseende var hjemmet altid rent og propert.

Nu er Herbert her ikke mere. Vi vil naturligvis være med til at sige et sidste farvel til ham.

Vi når kirken og strider os gennem regn og blæst op til den højtliggende kirke. Vi kan ikke komme hurtigt nok ind i varmen. Der er allerede kommet mange for at tage del i Herberts begravelse. En del ansigter kender vi. Kirkerummet er smukt, varmt og hyggeligt. Midtergangen er fyldt med kranse og buketter i brune, orange og klare røde nuancer. En palet af varme efterårsfarver.

Vi finder en plads i kirken. Jeg skæver op til tavlen med numre på salmerne, der skal synges. Ser med glæde "Op al den ting" og "Dejlig er jorden" er med. To af mine yndlingssalmer. Der er tændt levende lys overalt i kirkerummet. Kirkeskibet hænger smukt over vore hoveder. På trods af den triste situation, får jeg en god fornemmelse i kroppen. Herbert fik mange leveår. Han havde et godt og spændende liv.

Nu lyder bedeslagene. Der bliver stille i kirken. Alvoren sænker sig. Tæt på alteret står Herberts kiste smukt dækket med georginer og roser. Begravelsens gæsterne har de alvorlige ansigter med. Jeg får øje på Herberts brødre Sven og Carl. De har indbyrdes været uvenner med Herbert i mere end 20 år. Efter sigende noget med en arv. Det forbavser mig at se dem. Betragter dem i smug. De ser ikke på hinanden. Har sat sig i god afstand af hinanden. Begge med punkterede ansigter.

Orglet sætter ind med et præludium af J.S. Bach. Organisten burde have øvet mere på stykket. Det halter og slæber sig afsted. Efter indgangsbønnen træder præsten frem. Det er en ikke særlig høj kvinde. Hun smiler venligt til de pårørende, inden hun går op ad trapperne mod alteret i sin sorte præstekjole. Det giver et gib i menigheden. Hun er ved at snuble. Kirketjeneren styrter til for at gribe hende med det resultat, at de begge træder i kjolen og hermed får svært ved at holde balancen. Trods alvoren i situationen lyder der højlydt fnisen fra kirkerummet. Det tegner godt ...

Præsten fatter sig hurtig og annoncerer med klar røst:

Vi synger alle versene i "Op al den ting som Gud har gjort"

Alle synger med. Vi giver stemmerne fuld kraft. Sangen, kirkerummet og menigheden smelter sammen til et stort fællesskab – en fornemmelse af noget helt særligt. Jeg sidder ved siden af en dame, der frimodigt synger med en skingrende falsk stemme. Det får mig til at tænke på en rig amerikansk dame, Florence Foster, som elskede at synge "Nattens dronning", en arie fra Mozarts opera "Tryllefløjten." Denne amerikanske dame mente sig så dygtig, at hun fik den udgivet på CD. Hun blev meget "berømt" for denne indspilning ...

Under Trosbekendelsen får jeg mulighed for at rykke lidt væk fra min syngende nabo. "Dejlig er jorden" synger jeg.

"Herbert er ikke blandt os mere." starter præsten sin tale. Det ved vi godt. "Han fik mange gode år sammen med sin afdøde hustru," fortsætter hun. Fortæller om Herberts liv og levned. Om hans børn. Hans interesser. Det er ting, jeg ved i forvejen. Ting de fleste af de tilstedeværende ved. Jeg lytter med et halvt øre. Pæne og rosende ord. Mine tanker får frit løb. "Tænk hvis Herbert kan høre, hvad der bliver sagt"

*

Jeg mindes, da min morfar levede. Han havde samme alder, som Herbert har nu. Min morfar var skrækkelig bange for at blive levende begravet. Han må have hørt om den slags. Jeg måtte love ham, jeg ville kigge grundigt efter, om han nu var rigtig død, når den tid kom. Skrækken for at ligge levende i en kiste uden at kunne gøre opmærksom på det.

Jeg bliver igen nærværende, da menigheden sammen med præsten beder en fælles bøn.

Nu bliver der aktivitet bag prædikestolen. Kirketjeneren arbejder med noget, der ligner en båndoptager. Og ganske rigtigt. Nu toner: "I did it my way" smukt ud i kirkerummet. "Nymodens pjat" mumler manden bag mig. Jeg nyder musikken. Det er ikke første gang, jeg oplever, familien til en afdød ønsker et specielt musik- stykke eller en elsket sang opført i kirken. Musikken toner ud. Seks mænd bevæger sig adstadigt hen mod kisten. Jeg kan se, det blandt andre er Herberts to brødre. Alle rejser sig, da kisten højtideligt bæres ud. Der høres stille gråd forskellige steder.

*

Vi bliver mødt af en strid vind. Regnen er holdt op. Vi får ikke brug for paraplyerne. Alle følger efter kiste- bærerne. Familien har ikke valgt det nærmeste gravsted, men endelig stopper de. Her skal Herbert stedes til hvile.

Skal vi synge: "Altid frejdig når du går?" Præsten står ved graven parat med jord og skovl. Den sang kan alle synge uden tekst. Herefter jordpåkastelsen. Jeg hører tydeligt den dumpe lyd, når jorden rammer kistelåget.

Familien er rykket tæt på graven. Jeg holder mig lidt i baggrunden men tæt nok til at se, hvad der foregår. En yngre dame kommer med en buket røde roser. Jeg genkender hende som Herberts barnebarn Yvonne. Vinden rusker i blomsterne. Den nærmeste familie får hver en rose. En efter en kastes roserne ned på kistelåget. Jeg følger fraværende med, da jeg pludselig hører et højt råb.

– Fandens også. Jeg stivner. Hvem står og bander her ved kisten? Der bliver uro omkring graven. Jeg nærmer mig.

– Min bilnøgle faldt ud af min lomme og ned i graven, da jeg bøjede mig og kastede min rose. Sven's stemme lyder høj og skinger.

Folk står som fastfrosset. Samtalen er gået i stå. Præsten ser sig rådvild omkring. Hun ryster på hænderne. Har tårer i øjnene. Træder et skridt nærmere den åbne grav som vil hun forhindre, at nogen springer ned i den.

– I må gøre noget. Jeg skal have mine bilnøgler, så jeg kan komme hjem. Jeg har ikke andre muligheder. Sven ser appellerende på præsten. Han går hvileløst rundt om graven med et søgende blik.

– Jeg henter graveren, siger præsten og skynder sig afsted. Lidt efter kommer graveren. Han medbringer en rive. Vil han forsøge at fiske nøglen op med riven?

– Kan du se nøglen? Så du, hvor den landede? Graveren ser spørgende på Sven og ned på den sorte grav. En del af følget går søgende og med ærefrygt omkring graven. Der er intet at se. Efter en tid opgiver graveren og går tilbage med riven. Præsten annoncerer, der er kaffe i menighedshuset. Alle er velkommen. Folk tøver men går til sidst langsomt hen mod den tiltrængte kaffe.

Der er tomt omkring graven. Kun Sven er der stadig. "Jeg skal have fat i den nøgle!"

BRÆNDT BARN SKYR ILDEN

KULLU BJERGENE

Jeg vågner forvirret efter en urolig nat. Ser mig omkring. Kommer så i tanke om, at jeg befinder mig på et hotel i et nusset rum med en snavset seng et sted i Kullu bjergene. Det var mørkt, da vi ankom. Lyset i værelset var dunkelt. Nu er det blændende hvidt. Jeg ser revnerne i de afskallede vægge og snavset på vinduerne. Sengen er vakkelvorn. Gulvet er ikke blevet vasket i lang tid. Jeg rejser mig med besvær og går hen for at kigge ud af vinduet. Trods det snavsede glas kan jeg se, regnen er holdt op.

Det var ikke meningen, vi skulle overnatte på hotel. Vi forlod Jaipur tidligt dagen før med en lille, faldefærdig bus. Jeg havde problemer med maven, hvilket ikke er ualmindeligt i Indien. Trods medbragte piller mod mave- besvær, havde jeg ikke fået det bedre. Morgenmaden ville ikke blive i maven. Busturen havde været et helvede. Vejene var ujævne og hullede. Mange steder oversvømmede af regnvand. Der havde været utallige stop undervejs. Fjedrene i sæderne var stået af, hvilket var mærkbart på vore bagdele. Jeg kunne mærke vores guide Uptal, min søster Irene og min svoger Rasmus, som var mine rejsefæller, at de havde svært ved at tæmme utålmodigheden. En lang køretur og det kraftige regnvejr havde været anstrengende og gjort det svært at holde humøret højt. Vores guide forsikrede os, vi ville nå frem, inden det blev mørkt. Han havde også lovet, regnen ville stoppe, men her slap hans aftale med de højere magter op. Regnen fortsatte og mørket sænkede sig.

– Har I medbragt en lommelygte, spurgte Uptal.

– Hvad skal vi med en lygte? Jeg stirrede forvirret på ham.

– Hvis det er mørkt, når vi når frem, bruger vi lygten, så kan vi bedre se at vandre op ad bjerget.

– Glem det, sagde jeg. Du får ikke mig til at kravle op ad en bjergside i mørke og regnvejr.

Således blev det. Vi bookede ind på dette triste og nussede hotel.

Jeg vågner tidligt om morgenen. Åbner vinduet og bliver mødt af en dejlig overraskelse. "Kullus blandede fuglekor" holder en flerstemmig koncert for mig, og jeg står i første parket. Stemmerne er mangfoldige og i forskellige tonearter. Jeg kender ikke værket, men nyder hvert et næb.

Jeg finder hurtigt mit tøj, og hopper i min grønne træningsdragt. Jeg håber der ikke er lus på værelset og i tøjet. Finder de andre i receptionen. Misfornøjelse står malet i deres ansigter. Jeg kan se på min søsters nedad- hængende mundvige, at jeg ikke skal sige for meget. Rasmus fornemmer stemningen og forsøger med en dum vittighed: "Hvorfor putter man altid en baby i blenderen med fødderne først? Så kan man se dens ansigtsudtryk." Vi glemte at le.

– Der er morgenmad i spisesalen. Uptal viser vej.

Vi kommer ind i et rum, hvor der er dækket op på en dug, hvis farve engang var hvid. Irene tjekker krus og bestik. Rasmus er morgensur og gaber uhæmmet

– Det her overlever jeg sgu ikke uden min morgensmøg og morgenbajer. Han kigger bønligt på guiden, som straks henter en Kingfisher øl. Vi tager plads ved bordet på nogle gamle, vakkelvorne stole. Studerer traktementet: Tørt brød kaldt "naan." Udmærket smag. Der er også mælk. Tør vi? Masala te kan vi drikke. Den har været kogt. Omelet og ost går an, selv om vi har set bedre udgaver. Min mave spørger efter havregrød. Det får den.

Mens vi sidder og spiser, studerer jeg Uptal. Jeg kendte ham ikke. Mødte ham første gang, da vi kom til Jaipur for et par dage siden for at planlægge denne rejse. Han er ikke typisk inder. Højere og kraftigere end gennem- snittet af indiske mænd. Han understreger, han er hindu af højeste kaste kaldet "brahmanerne." Selvom kaste- systemet er forbudt, fungerer det stadig. Ligesom arrangerede ægteskaber. Han er en flot mand. Jeg fandt hurtigt ud af, at han også er begavet og veluddannet. Desværre viser han tegn på, kvinder er ham underlegne. "Kald på chaufføren. Hent lige de andre." Han afbryder når jeg taler. Hans ord er lov. Mænd bestemmer.

Vi er godt i gang med morgenmaden. Tjeneren har bragt min havregrød. Uptal spiser med "klør fem." Ingen kniv eller gaffel. Kun højre hånd. Det virker underligt og uappetitligt. Ingen serviet. Mon han tørrer fingrene i bukserne eller i kjortlen. Jeg har hørt, inderne finder venstre hånd uren – den man bruger på dasset! Men sandt er det, at deres kultur siger, man aldrig giver venstre hånd til en anden person af samme grund. Han bærer indisk tøj. Et par hvide bomuldsbukser med vidde og en knælang, hvid kjortel. Begge dele er rene og nystrøgne. Hustruen må have nok at gøre med at holde hans tøj. Det sorte overskæg og håret er nyklippet. Han er nødvendig for os, da ingen af os taler indisk. Derfor fungerer han som tolk i situationer, hvor inderne ikke forstår engelsk. "Hans engelske lyder, som når man affyrer et maskingevær", sagde Rasmus, da han talte med ham første gang. Uptal kender Indiens kultur. Han vil passe på os, vejlede os og sørge for at alt fungerer.

*

Med fyldte maver og godt humør forlader vi hotellet for at finde stedet, hvor vi skal bestige bjerget. Landskabet er smukt. Solen spiller i vandpytterne. Bjergene damper af regn og varme. Da vi nærmer os, ser vi 3 unge, tibetansk udseende piger stå og sludre sammen.

– Så er vi her, siger Uptal. I får hver en pige til at hjælpe jer op ad stien. Tag den med ro og bevæg jer langsomt.

Pigerne er ganske unge og meget smukke. De smiler venligt til os. De er iklædt tibetanske dragter og har bare fødder i plastiksandaler. De bærer ikke smukke sarier i silke men lange løse bukser og overdele med broderier i stærke farver. Deres lange sorte hår er samlet med et spænde. De præsenterer sig. Min hedder Seema. Hun har de smukkeste brune, skæve øjne, jeg har set. Vi får hver en stok til støtte. Den får vi brug for. Jeg ser til min skræk, det ikke er en almindelig sti. Den er gennem- vædet af nattens regn. Store og små sten ligger tilfældig spredt på den ujævne sti, flere af dem med store mellemrum. Jeg må have set fortvivlet ud. Seema kigger opmuntrende på mig og tager min hånd. Så begynder opstigningen. Jeg pruster som en hvalros. Hun bevæger sig som en gazelle.

– Nu fører jeg an, og så følger i roligt efter. Pigerne støtter jer. Vi ses deroppe.

Vi lader Uptal passere og føre an. Efter ham følger Rasmus, dernæst mig og til sidst Irene, alle tre i følge med en hjælper.

Vi er nået ca. halvejen, da der lyder et højt brøl. Jeg kigger forskrækket op og ser guiden falde og glide ned i Rasmus, som også falder. Jeg springer til side for at undgå, de rammer mig. Støder nu ind i Seema, så både hun og jeg er ved at miste fodfæstet. Hun holder balancen, men jeg vrider rundt på min højre fod og brøler næsten lige så højt som guiden. Bider smerten i mig og fortsætter. Der er langt op til toppen. Trods en øm fod nyder jeg udsigten. Himlen er klart blå. Varmen behagelig. Der dufter dejligt af noget, jeg ikke kan identificere – blomster eller urter? Der risler en klar, kold kilde langs stien. Den forsyner os med drikkevand og forfriskning i ansigtet. Vi stopper med mellemrum. Selv om jeg har travlt med ikke at træde forkert på den ujævne sti, får jeg tid til at kigge mig omkring. Landskabet er storslået. Grønne områder med græssende geder, får og magre køer. En palet af buske i forskellige grønne og brune farver. Midt i de forvredne sten pranger smukke rosenbuske i lyse lilla farver. I det fjerne kan jeg ane en skikkelse. Det er måske en bonde, der nysgerrigt kigger efter os.

Endelig når vi toppen. Jeg overgiver mig til trætheden. Lægger mig i græsset. Lader solen kysse mit ansigt mens vinden leger med mit hår. Jeg ligger med lukkede øjne. Smerten i forden forsvinder lidt efter lidt. Jeg har lyst til at sove. Adrenalinsuset forhindrer mig. Ligger stille og tænker på, hvordan jeg efter en udsendelse i tv om området fik ideen til denne spændende tur. Jeg lovede Irene og Rasmus, det vil blive en fantastisk tur. Besværet med at finde den rigtige guide. planlægning, økonomi, vaccinationer og program er det hele værd.

Jeg hører fremmede stemmer. Rejser mig og ser mig omkring. Vi er omgivet af glade ansigter. En lang tynd mand i hvide bukser, gul bluse, grønt sjal og tørklæde om håret spiller på en tromme, der har form som en gammeldags øltønde dog i mindre format. Det lyder ikke som vestens trommer. Kan ikke bedømme, om jeg synes, det er skrækkeligt, eller blot anderledes. Kvinderne synger med. Vi står overvældede og lytter. Sikke en velkomst. Det er en broget skare. Kvinder i lange ensfarvede nederdele med mangefarvede mønstre for- neden på skørtet. Dertil bærer de ensfarvede bluser i forskellige farver. Herover veste, som også har flotte farver, nogle med broderier. Mændene har ensfarvede vide bomuldsbukser, ensfarvede sweatre og ligesom kvinderne enten spraglede tørklæder eller strikkede huer. Kvinderne er smukke med deres lange hår, hvide tænder og glade smil. Mændene ser mere vilde ud. " Jeg ville nok gå i en stor bue uden om dem, hvis jeg møder dem en mørk aften"

– Hello, I am your host. My name is Anorak. Jeg bliver prikket på skulderen af en ældre mand, som åbenbart er vores vært. Han står sammen med Uptal, som nu fortæller, de vil vise os vore værelser. Vi bliver vist ind i et hus, hvor der er tre sammenhængende værelser uden dør mellem værelserne." Godt vi kender hinanden så godt", tænker jeg men siger ingenting. "Det er måske deres kultur at bo sådan". Til gengæld har hvert rum en kakkelovn, der stønner af varme. Vi kommer ikke til at fryse. Der er lunch om en halv time.

– Min snorken vil blæse jer ud af huset, praler Rasmus. Jeg har hørt, når Rasmus snorker. Han har ret.

Jeg lægger min bagage fra mig og sætter mig uden for huset på en gammel bænk. Her kan jeg se ud over dalen. Vi er højt oppe. Dette kan mærkes på, køligheden. Udsigten er fantastisk. I det fjerne kan jeg se en stor sø i en dyb blå farve. Bag søen troner bjergene majestætisk iklædt hvide kapper. Øjet kan ikke få nok. Jeg sidder alene. Lytter til stilheden. Jeg oplever et skaberværk, der er ubeskriveligt.

Jeg bliver vækket i min drømmeverden. Lunchen er parat. Uptal har bestilt havregrød til mig. Min mave gør stadig oprør. Spisestuen er i en stor træbygning. En stejl trappe fører op til et stort rum. Familien har allerede taget plads omkring et stort plankebord, da vi ankommer. Venter høfligt med at begynde at spise, til vi har sat os på de smalle bænke. Menuen lyder på fårekød, stegte kartofler, salat med tomater og løg. Hertil vand på flaske. Til mig er der havregrød og vand.

– Tjener, en kingfisher til mig. Jeg drukner i jeres vand. "Den fare er minimal," tænker jeg. "Rasmus bruger kun vand til at vaske sig i." Der udveksles ikke mange ord, medens vi spiser.

Vi skynder tilbage til værelserne. Her er varmt og godt.

– Skal vi sætte os udenfor og tage et spil Rummy, siger Rasmus.

– Gerne, så kan vi nyde udsigten. Hvis du finder spillet, sætter jeg mine kondisko til tørre på kakkelovnen. De er gennemblødte og må gerne tørre til i morgen.

Vi har ikke spillet længe, før Rasmus stopper og ser alvorligt på mig.

– Jeg synes, jeg kan lugte røg.

– Hold da kæft. Mine sko. Jeg løber ind i mit værelse, hvor jeg har sat skoene til tørre på kakkelovnen. Her er tæt af røg. Mine sko står i flammer. Jeg går i panik. Rasmus går i aktion. finder vand og slukker ilden, som heldigvis ikke nåede at brede sig til seng og sengetøj. Mine sko er brændt til ukendelighed. " Hvor har jeg været tåbelig. Jeg kunne have futtet hele hytten af. Er jeg ude af stand til tænke? Hvordan kan jeg se Anorak og hans familie i øjnene." Jeg er flov og ulykkelig og begynder at græde.

– Vi bor i et træhus, og vi spiser i et træhus. Hvis vi havde været til brunch, mens dine sko brændte, kan du selv tænke dig til resten. Rasmus kigger alvorligt på mig. Jeg dukker nakken skamfuldt. Kan samtidig ikke lade være med at tænke på, at jeg ikke har andre sko i tasken.

Værten og hans familie har ikke kunnet undgå at se, hvad der er sket. Jeg er flov og beklager meget. Uptal kigger på mig uden at sige noget.

Natten bliver lang for mig. Tænker på hvad der kunne være sket. Jeg kunne have været årsag til, folk var brændt ihjel. Hvem skulle have betalt for nye bygninger. De er fattige mennesker. Hvordan kunne jeg være så ubegavet at sætte sko på en varm kakkelovn. De må tro, jeg er komplet idiot og ansvarsløs. Hvordan kan jeg se mig selv i øjnene?

Jeg vågner med et spjæt.

"God morgen" lyder det fra naboværelset. "Har du sovet godt".

"Hold kæft" tænker jeg. "I kan vel forestille jer, hvordan jeg har sovet". Jeg svarer med lystig stemme: "Dejligt, det kunne ikke være bedre."

Vi spiser morgenmad i stilhed. Pakker vore ting og gør klar til afsked. Neema kigger afventende på mig. Jeg tror, hun ser, jeg endnu mangler at tage mine sko på. Jeg står med bare fødder og røde tånegle. Den højre ankel er hævet. Ingen sko.

Uptal står i samtale med Anorak. Jeg forstår ikke, hvad de siger, men de ser alvorlige ud.

– Du kan ikke gå barfodet ned ad bjerget. De glatte sten gør det farligt for dig. Anorak har tilbudt, du må låne hans datters kondisko, indtil du er nået ned...

LASTEN ER DYDENS NABO

JULEINDKØB

H ar du købt julegaver til børnene?
Søren står i entreen sammen med sin nye kæreste. De skal
hente drengene. Det er den 22. december.

– Nej, jeg har ikke nået det. Randi synker en klump. Sørens
unge kæreste står og tripper utålmodigt på sine høje hæle og ser
vurderende omkring. Hun virker ikke til at være tilfreds med,
hvad hun ser. Randi nåede ikke at få ryddet op, inden de kom.
Drengene løb utålmodigt omkring og råbte: "Kommer far ikke
snart" Randi ved fra drengene, at hendes hjem ikke kan måle sig
med Sørens. De har hele morgenen fortalt om det store juletræ,
deres far har købt. Det skal de hjælpe med at pynte. Hun skæver
ind mod stuen, hvor hun har anbragt et lille juletræ. Der var kun
plads i hjørnet. Hun og børnene pyntede det sammen. Randi hå-
ber, Sørens kæreste ikke kan se det.

– Køber du så de gaver til børnene, gentager Søren. Det er ju-
leaften om to dage.

Hun kan mærke, hun er ved at hidse sig op. "Kan han da ikke
holde sin kæft. Jeg har jo svaret, at jeg ikke har nået det. Han
står der og puster sig op. Han ved udmærket, jeg ikke har mange
penge, da jeg ikke har haft arbejde et stykke tid"

– Du ved jo godt... Hun bliver afbrudt af kæresten, som siger:

– Drengene har fået et katalog, hvor de har krydset nogle ting
af, som de ønsker sig. Jeg har taget kataloget med, så du ved,
hvad du kan købe.

Hun bliver rød i ansigtet af raseri. Hendes stemme ryster, da
hun kigger vredt på kæresten.

– Jeg skal nok selv finde ud af, hvad mine børn skal have i julegave.

– Sorry, ville bare hjælpe. Kæresten ser fornærmet hen på
Søren, som vil hun hente forstærkning hos ham. Hun smider for-
nærmet kataloget på en stol. Knejser med nakken. Søren flakker
med blikket. Randi kan se, han føler sig utilpas ved situationen.
" Du har selv valgt den heks. Du ligger, som du har redt." Randi
har lyst til at sige dette højt, men vælger at tie.

– Få nu købt de gaver. Du ved, hvor vi bor. Du kan aflevere dem
hos os. Lad os så komme afsted.

Kæresten forlader entreen uden at sige farvel. Søren skynder sig efter hende. Han er så forvirret, at han er ved at falde over tæppet i entreen. Drengene kigger forskrækket på Randi. Tøver og følger så efter deres far.

Randi dirrer over hele kroppen. Havde han én gang til nævnt ordet "julegaver," havde hun skreget. I stedet begynder hun at græde. Kan stadig se drengenes forskrækkede ansigter. Hun savner dem allerede, men det er Søren, der skal holde jul sammen med dem i år.. Hun laver en stærk kop kaffe, sætter sig i sofaen og kigger fortabt på det ydmyge juletræ, som de aftenen før havde moret sig med at pynte.

Efterhånden falder hun til ro. Hun får alligevel lidt ondt af Søren, som skal leve op til en ung kæreste. Hun forventer sikkert både opvartning og store gaver. Sidste jul var Randi helt uvidende om, han havde fundet en anden. Hun husker julen som både hyggelig og afslappet. De havde udvekslet beskedne gaver og spist den sædvanlige julemad, da han, efter børnene var lagt i seng, fortalte hende, han havde fundet en anden. Hun havde set chokeret på ham. Hvad var det, han sagde? Hun kunne ikke fatte det. Anede intet. Hun var begyndte at græde.

– Jeg troede, vi var lykkelige sammen. Hvad med drengene. Hun kunne næsten ikke få ordene frem. Søren var ubøjelig. Havde ikke trøstet hende men bedt hende finde en ny bolig hurtigst muligt.

Dette havde resulteret i, hun måtte flytte til denne lille lejlighed, hvor hun nu forsøgte at skabe et varmt og godt hjem for drengene. Og nu forventer de, hun skal købe dyre gaver, selv om hun ikke har mange penge til rådighed.

*

Hun står tøvende foran Magasins udstillingsvinduer og ser sig usikkert omkring. Det har regnet hele dagen. Hun er våd og kold. Hun har husket sin indkøbstaske, men glemt paraplyen Bussen var forsinket, og det er ved at blive halvmørkt. Hun står ubeslutsomt og kigger på de oplyste, julepyntede vinduer med alle de smukke ting, hun ønsker sig, men ikke har råd til at købe. Mon søren køber lækker parfume eller lækkert undertøj til kæresten, som han ofte havde gjort til hende. Hendes frakke har suger regnen til sig som en svamp. Hun burde have valgt nogle vandtætte sko. Godt hun i det mindste har sin rummelige plastik indkøbstaske med.

Hun kan se butiksassistenterne bag vinduerne. Med deres opmuntrende røde smil viser de varerne for kunderne. Hun har endnu ikke købt julegaverne til drengene. Hun blev fyret for et halvt år siden. Vaskeriet havde været nødt til at skære ned på personalet. Opsigelse med kun tre måneders løn. Hun er ikke i nogen fagforening. Kontanthjælp og børnepenge kan knap dække udgifter til husleje, mad og andre fornødenheder. I år er drengene hos eksmanden og hans nye kæreste for at holde jul. Hendes forældre er døde, og en søster bor på Bornholm. Hun skal sidde alene juleaften. Det gør hende trist. Ingen at lave mad til. Ingen at drikke rødvin med. Og så er der det med julegaver. Drengene skal have hver en gave. Det har Søren indtrængende sagt til hende. Hun har kigget i kataloget med billeder og priser på et utal af gaver til børn. Hun har også set de ting, som drengene har rammet ind. Det er ikke småting, de ønsker sig.

*

– De ryster af kulde. Skal De ikke ind i varmen? En midaldrende dame prikker hende på skulderen. Randi farer sammen med et sæt og vender tilbage til virkeligheden.

– Jo, jo. Jeg skal i legetøjsafdelingen.

– Ja, der skal jo købes julegaver. Damen smiler venligt og forsvinder ind ad døren. Randi følger efter.

De mødes af en velpolstret julemand, som hilser dem med et lystigt "Velkommen og glædelig jul." Stueetagen et julepyntet med mangefarvede glaskugler på glitrende juletræer og et væld af kunstige julelys. Nisser og engle i alle afskygninger møder øjet. Der høres dæmpet julemusik. Her er varmt og godt. Det oser af jul.

Legetøjsafdelingen er på første sal. Hun har været der mange gange tidligere sammen med børnene. Tøver alligevel inden hun tager rulletrappen op. Hun har endnu Sørens insisterende stemme i ørerne. "Få nu købt de julegaver." Der er trængsel i le-

85

getøjsafdelingen. Hun har ikke kataloget med. Hun har sin gode taske og husker nogenlunde, hvad ønskerne er: Brandbil, elektrisk tog, lego. Elektrisk tog kan de glemme. Det bliver for svært at transportere. Der er brandbiler i flere udgaver. Det samme gælder lego. Randi finder hurtigt, hvad hun søger. Ingen alarm på tingene. Ser sig nervøst over skulderen. Folk har heldigvis ikke opmærksomheden rettet mod hende. Hun er hurtig. Ingen ser det. Forlader diskret etagen og finder toilettet. Hun har ondt i maven.

*

Regnen er holdt op. Det er blevet mørkt udenfor. Bussen holder allerede ved stoppestedet. Randi finder en plads bagerst i bussen og sætter indkøbsposen på gulvet. Hun læner sig tilbage i sædet. Her kan hun afslappet nyde turen til Sørens hus på Kastanje Allé. Hun ved, det tager 10 minutter, inden hun skal stå af, Hun lukker øjnene. Glæder sig over, hun nu har julegaver til børnene, Randi vågner forvirret, da hun chaufføren siger "Kastanje Allé." Hun skynder sig ud af bussen og råber i farten "Glædelig jul" til chaufføren, som gengælder hendes hilsen med " I lige måde," og derpå straks kører videre.

Hun glæder sig til at overrække gaverne til drengene. Hun går med raske skridt mod Sørens hus. Stopper pludselig med et sæt.

"Indkøbsposen? "

MISUNDELIGE ØJNE MÆTTES ALDRIG

FESTTALEN

Der er livlig aktivitet på skolen. Den sidste eksamen er overstået. Det skal gøre godt at få pause fra lærebøgerne. Mange af mine medstuderende er søgt hen i kantinen. Der er trængsel ved disken. Nogle sidder i grupper og diskuterer resultaterne. Er gennemsnittet det ønskede? Eller bliver resultatet i stedet opsamling af point i form af erhvervspraktik? En del har talt om sabbatår. Jeg må finde ud af, hvad jeg selv vil. Jeg kaster et sidste blik på undervisningslokalet. Jeg har fået høje karakterer i alle fagene – langt højere end forventet. Jeg kan mærke det på mine studenterkammerater. Jeg slutter med endnu et tolvtal. Det er ikke venlige smil, der møder mig. Ingen lykønskning. Pigerne ruller med øjnene og sender sigende blikke til hinanden, da læreren siger:

– Selvfølgelig et tolvtal.

Jeg har knoklet hele skoleåret. Når mine medstuderende skulle ud at drikke øl og feste, fandt jeg lærebøgerne frem. Ofte satte jeg mig i universitetsbibliotek. Her var der ro. Duften af bøger motiverede mig. Den gav mig en følelse af tryghed og nysgerrighed. Som duften af en god ven. Jeg kunne blive i læsesalen til sent på dagen. Der var ofte kun mig.. Var der andre, satte de sig langt fra, hvor jeg sad. " Bare de bliver siddende og ikke forstyrrer mig med deres tåbelige spørgsmål." tænkte jeg. Diskuterede aldrig fagene med nogen. Ingen spurgte mig.

Nu er det sidste dag på skolen. Senere mødes vi til dimissionen. Jeg går ind i kantinen, Trænger til noget styrkende – til at fejre afslutningen. Der er plads ved et af bordene. Her sidder Bolette og Susy og taler ivrigt sammen. Jeg bliver mødt med: "Desværre optaget." De fortsætter deres samtale uden at kigge op. Jeg køber en cola og finder en stol i et sidelokale. Her kan jeg være alene. Læner mig tilbage. Kan ikke lade være med at glæde mig over, lærer Boysen for nogle dage siden bad mig holde dimissionstalen. Er det, fordi jeg har fået gode karakterer og det bedste gennemsnit. Eller måske fordi jeg er den ældste i klassen. Der var blevet helt stille i lokalet, da Boysen annoncerede, at det skulle være mig.

– Vågn op. Lærer Boysen står foran mig. Jeg sidder med lukkede øjne. Har ikke set ham komme.

– Du var vist langt væk. Jeg vil gerne, du kommer ind på lærerværelset om 10 minutter.

"Hvad har jeg gjort? Er det noget med min bedømmelse?" Tankerne løber om kap. Jeg finder lærerværelset. Skoledirektøren, Boysen, min dansklærer og 3 andre sidder omkring et stort bord. Der dufter dejligt af kaffe, og der er smurte boller på bordet. "De ser i det mindste ikke vrede ud" tænker jeg.

– Du må gerne sætte dig. Boysen trækker vejret dybt, rømmer sig et par gange og fortsætter:

– Vi har diskuteret, hvem der skal holde festtalen i år. Vi har haft flere i tankerne. Valget faldt på dig. Du har været en flittig elev. Derfor vil det være naturligt, det skal være dig. Jeg kan se, han flakker med blikket. Ser ikke på mig men ud af vinduet.

– Desværre må vi vælge en anden. Jeg kan ikke forklare dig hvorfor. Jeg kan kun fortælle, at mange i din klasse har meddelt kontoret, at hvis det er dig, der skal holde festtalen, vil de udeblive fra dimissionen. Hvorfor de ikke vil møde op, ved jeg ikke.

Der er længe stilhed i kontoret. Gråden presser på. Jeg kniber øjnene sammen. "Jeg vil ikke græde. Den fornøjelse skal de ikke have. Hvad har jeg gjort, at alle er imod mig?" Skoledirektøren bryder ind, men jeg må ud – ud i den friske luft. Jeg rejser mig så voldsomt, at stolen vælter. Ingen stopper mig.

Da jeg kommer uden for alles rækkevidde, begynder jeg at græde heftigt. Min krop ryster af skuffelse og vrede. "Er ledelsen så svag, at den retter sig efter eleverne og ikke har nosser nok til at holde fast i en beslutning." Jeg må væk. Finder en bænk i den tilstødende park. Sparker til bænken. Det giver lidt luft. Solen skinner. Hvem har bedt den om det. Selv fuglene synger ubekymret videre. "Hvad fanden er det for en verden, jeg lever i." Jeg er så rasende at jeg kan føle hjertets banken helt op i halsen. Får lyst til at hvæse dem op i ansigterne, hvor uretfærdige og skvattede de er.

Jeg når at fatte mig, inden jeg når hjem. Mor må ikke se, jeg har grædt, Jeg skal vise dem allesammen.

Da jeg om aftenen ligger i min seng. forsøger jeg at nå frem til en beslutning: Står op igen. Hiver min mest sexede kjole ud af skabet. Finder skoene med de højeste hæle. Hopper i seng igen. Forsøger at finde ro. Op igen. Silkestrømperne med søm og den højrøde læbestift findes frem. Jeg skal vise dem.

Jeg sover uroligt. Drømmer og vågner på skift. Endelig ringer vækkeuret.

Jeg vil møde op til dimissionen. Mig kan de ikke knække. Tager mit frække tøj på. Lægger en udfordrende makeup. Jeg skal få dem allesammen til at glo.

Jeg kigger mig længe i spejlet. "Er det nu også mig?"

DER FINDES INGEN SLADDER, INGEN VIL LYTTE TIL

SKOD BØRGE.

Vi ser ham dagligt. Han går op og ned ad gaderne. Vi kalder ham Skod Børge, fordi han altid går med blikket rettet mod jorden i håb om at finde cigaretskod. Han leder i timevis, taler ikke til nogen eller med nogen. Han må være det menneske i byen, der går flest kilometer. Børge er rund og ikke særlig høj. Alderen omkring halvtreds. Ser man ham på afstand, ligner han en mand på tredive, men tæt på ser man et ansigt hærget af vind og vejr. Et smertens ansigt. Hans krop er ludende og nedslidt. Det samme er skoene. En gammel, snavset vindjakke er hans overtøj både sommer og vinter. Han er usoigneret de fleste af årets dage, men folk, der mener, de kender ham godt, fortæller, at til højtiderne rejser han til Spanien. Der har han bekendte, og der er han både velklædt og velsoigneret. Han bruger ikke penge på tøj. Hans madbudget er ikke stort, Børge har en uddannelse som møbelsnedker og arbejder som sådan, da han møder Margit, som han gifter sig med. Hun bliver hurtigt gravid men aborterer. Dette ødelægger ægteskabet. Efter et år forlader hun ham. Han glemmer hende aldrig. Bliver bitter. Taler ikke med nogen. Afviser ethvert forsøg på kontakt ved at skælde ud på alt og alle. Han vender verden ryggen. Det fælles hjem lidt uden for byen lejer han ud bortset fra et enkelt værelse, som er hans eneste opholdsrum. Børge bliver mere og mere sær. Børnene er lidt bange for ham. Han kan pludselig stoppe op og skælde et tilfældigt, uskyldigt menneske ud. Ofte sidder han på bænken ved byens busholdeplads og råber af forbipasserende. Han er aldrig voldelig. Men han er blevet byens særling.

*

"Har I hørt, der er trussel om terror mod byens julemarked?" De ord summer i byens forretninger. Fylder mere i folks bevidsthed end de skrækkelige nyheder fra krigsområderne i Syrien og den kommende jul. Hvad med julemarkedet? Terror i vores by?

"Arrangørerne har fået to trusselsbreve for 3 dage siden med bogstaver sat sammen fra aviser. Der står, de vil sprænge julemarkedet i luften. Vi har det fra sikker kilde. Politiet ved det også." Snakken går. Folk glemmer næsten, hvad de skal købe af bare ophidselse og sensationslyst. Alle mener at vide noget. Gætterierne får frit løb. Hvem kan det være?

Kaj og Orla står i kø ved kassen i brugsen. Der er travlhed. De kan nå at udveksle nyheder.

– Har du hørt mere til truslen? Orla kigger spørgende på Kaj.

– Nej, men jeg har gjort mig nogle tanker. Hvem i byen kan finde på sådan noget. Hvem er skør nok til det? Orla svarer ikke. Man skal passe på, hvad man siger. Men han kan alligevel ikke lade være med at tænke over Kajs ord. Andre ved kassen har også hørt det. "Hvem kan han have tænkt på?" Det spørgsmål bliver hurtigt taleemne. En del navne bliver nævnt. Kan det være barberen? Han er taget for spirituskørsel. Det kan også være Grete fra plejehjemmet. Hun er beskyldt for at stjæle fra en beboer. Måske VVS-manden. Han er blevet set sent på aftenen nær markedspladsen. Èt bestemt navn topper: SKOD BØRGE. "Det må være ham," siger en. "Jeg så ham luske rundt," siger en anden. "Han er skør nok til at gøre det. Han er gal over markedet. Han kan ikke lide julen."

"I aftes så vi ham gå derhen med noget i hånden." Efterhånden har mange set Skod Børge stå og true markedet, ja, sågar mener nogen at have set ham med noget, der ligner en bombe. Det kan kun være ham.

Politiet bliver informeret. Mange påstår, de har set mystiske ting de sidste dage samt dagen, hvor arrangørerne blev truet. Og det er Skod Børge, de har set. Helt sikkert. Politiet presses til at tage affære. Skod Børge skal anholdes.

*

En stor gruppe er forsamlet foran Skod Børges hus, da betjentene ankommer. Der er lys i vinduerne. Folk venter spændt og med tilbageholdt åndedrag, da betjentene banker på døren.

– God aften. Er Børge hjemme?

– Nej, han rejste til Spanien for 14 dage siden for at holde jul. Det gør han hvert år.

SEX ER GUDS MÅDE
AT SPØGE MED MENNESKET PÅ

NICOLAJ

Et bad vil være dejligt. Det er kun mig, der er hjemme. Jesper har igen meddelt, det bliver sent, så jeg har god tid til at forkæle mig selv. Jeg tænder stearinlys i vinduet i badeværelset. Her kan jeg nyde dem fra badekarret. Hyggen breder sig. Det varme vand blander sig med de velduftende olier, jeg fik i julegave. Jeg sparer ikke på dem. Trænger til at blive omfavnet af varme og kærtegn. Finder youtube på mobilen. Skal jeg vælge Dolly Parton eller Kim Larsen? Det bliver Kim. Det er mørkt udenfor. Regnen trommer på ruderne. Jeg kan se, regnvandet danne små floder på det snavsede glas. Det må jeg pudse i morgen. Kims stemme fylder rummet. "Kvinde min, jeg elsker dig." Jeg får vand i øjnene. Ordene vækker minder. Erindrer da Jesper og jeg var forlovede. Jesper kaldte mig de sjoveste kælenavne. Den ene dag Nuser. Næste dag var det Krølle eller Mums. Da vi blev gift og fik børn, blev det ændret til Mutti eller Fruen. Det var dengang. Vandet er længe om at fylde karret. Regnen er holdt op. Udenfor kan jeg høre en hankat, der hyler af brunst. Forbandede kat. Så er naboens hunkat i løbetid. Stanken af kattepis over hele haven. Havde jeg bare et jagtgevær. Jeg finder min skraber. Benene skal være bløde og glatte. Heldigvis er jeg fri for hår i armhulerne. Jesper bryder sig ikke om behårede kvinder. Hvad vil han sige, hvis jeg fjerner mine pubeshår. Vil han synes, det er sexet. Jeg tror sgu, jeg gør det. Jeg lader min krop glide ned i det varme vand. Dejlig fornemmelse. Mon et foster føler det samme i en livmoder. Skvulpe rundt i varmt vand. Det ville være rart igen at være et foster. Ingen problemer eller skuffelser. Uvidende om den verden der er i vente. Svampen finder alle steder på kroppen. Overgiver mig til nydelsen. Mon Jesper er på vej hjem. Han har telefonsvarer på. Jeg lukker øjnene og forestiller mig Jespers muskuløse krop. Kattejammer bliver afløst af jetjagere, der holder øvelse. Det lyder som en enorm bisværm på højeste volumen. Læste om jetjagerne i avisen men har glemt det. Skal de øve netop nu? Hvor er det luftgevær! Hyggen er brudt. Katten er forsvundet. Flyene høres ikke mere. Jeg forlader min varme livmoder og finder min badekåbe.

Huset er tomt. Ingen råb og latter fra børn. Jesper fløjter altid, når han er glad.

Både Jesper og fløjte er forstummet. Der er en larmende stilhed i huset. Tv kan bryde den. Jeg tænder og zapper rundt. Finder et madprogram. En velnæret dame viser, hvordan man bager gode brød. Hendes kraftige arme ælter dejen med en styrke, enhver bokser vil misunde hende.

Jeg må være faldet i søvn. Vågner da Jesper prikker mig på skulderen.

– Vågn op Lisbeth. Jeg er hjemme. Han ser træt ud. Har poser under øjnene og flere rynker i ansigtet end jeg tidligere har bemærket. Jeg ser på uret. Det er over midnat.

– Jeg går i seng. Kommer du med? Jesper svarer ikke.

Jeg lytter til lydene i mørket. Det varer ikke længe, inden fuglene starter deres morgensang. Nogle mener, de slutter med at synge til Sankt Hans. Jeg kan høre Jesper på badeværelset. Han børster tænder og skyller ud i toilettet. Han er længe om sin aftentoilette. Endelig åbner han døren. Han tænder ikke lyset. Lister forsigtigt i seng.

– Jeg sover ikke. Min seng er varm. Kommer du over til mig? spørger jeg med stille, dirrende stemme. Han svarer ikke. Måske har han ikke hørt mig. Jeg kan høre, han trækker vejret, og at han ikke sover.

– Jesper, jeg savner dig. Kom herover.

Ingen reaktion. Hvis han ikke vil svare, skal jeg få ham til det. Hidsigheden og fortvivlelsen tager overhånd. Jeg råber ham ind i ansigtet.

– Jeg stiller dig et spørgsmål, og det er din pligt at svare Hvorfor vil du ikke dele seng med mig? Hvorfor kommer du ofte så sent hjem? Er der en anden kvinde. I så fald bør du fortælle det i stedet for at ignorere mig og mine spørgsmål. Jeg ryster over hele kroppen. Jeg taler så hurtigt, at ordene snubler over hinanden. Mange måneders angst og uvished har hobet sig op og vælter nu ud som en glødende lavastrøm. Jesper rejser sig roligt fra sengen. Sætter sig på min sengekant. Stryger mig over håret.

– Ja Lisbeth, du har krav på et svar. Jeg har truffet en anden. Jeg blegner. Struben snører sig sammen. Jeg skal kaste op.

Skynder mig ud på toilettet. Tårerne får frit løb. Forsøger ikke at stoppe dem. Mange måneders mistanke og frygt overmander mig. Jesper har fundet en anden. Jeg havde det på fornemmelsen. Hvem kan det være?

Jeg husker Mariannes 50-års fødselsdag for et par måneder siden. Jesper havde en af Mariannes veninder til bords. Hun flirtede kraftigt med både Jesper og de andre herrer ved selskabet. Kan det være hende? Måske en ny sekretær på Jespers kontor? Eller har han mødt en på en rejse? Nej, hun må være fra byen, og det er derfor, han ofte kommer sent hjem. Vil han nu skilles? Hvad med huset og børnene? Hvad med mig? Jeg har en væmmelig smag af opkast i munden og børster tænder. Jeg ser forgrædt ud. Skyller ansigtet i koldt vand og går tilbage til soveværelset. Jesper har ikke flyttet sig fra sengekanten. Jeg studerer hans ansigt. Sender ham et forsigtigt smil. Han ser mig sørgmodigt i øjnene.

– Jeg er ked af det Lisbeth. Det er ikke dig, der ikke dur. Jeg har kæmpet imod længe og håbet, jeg tog fejl. Jesper holder en lang pause og trækker vejret dybt.

– Jeg elsker en anden. Han hedder Nicolaj.

Hellere ensom end i dårligt selskab

FØDSELSDAGSFESTEN

David var flyttet til Fyn for et år siden. Han og hans forældre kom fra Lolland og bosatte sig i udkanten af Ringe, da faren fik nyt job i byen. David var glad for sit nye hjem, men han havde svært ved at falde til i skolen. De andre i klassen kendte hinanden, og så talte de på en anden måde. De spillede alle fodbold. David havde aldrig spillet fodbold. Ville gerne være med. Ingen havde spurgt ham, og han turde ikke spørge. I stedet sad han på sit værelse og byggede modelfly eller læste Tintin. Han gik ofte med hunden Rikke forbi fodboldbanen, når der var træning. Der lød latter og høje råb. Ingen så ham. Han stod gemt bag et hegn. Lyttede og kiggede i håb om at lære reglerne, hvis de en dag tilbød ham at være med. Næste gang han fylder år, vil han ønske fodboldtøj. Hans far havde tit foreslået, de sammen skulle se en fodboldkamp. Dette havde han afslået.

David er lille af vækst, spinkel men ikke svag. Han kan løbe så hurtigt, at hans forældre siger, han løber fra vinden. Det synes han er sjovt. Han er også adræt. Det er ham, der om sommeren skal klatre op i æbletræet og hente de æbler, der ikke vil falde ned. "Du er vist i familie med aberne" siger hans mor med blink i øjet og klapper hans krusede hår. David elsker sin mor. Han føler sig tryg, når hun sætter sig ved siden af ham i sofahjørnet og de sammen læser om Kaptajn Haddock og hunden Terry. Hun har lovet ham, at når Rikke dør, skal de have en Tintin hund. Ikke fordi han ønsker, Rikke skal dø, men det vil nu blive dejligt at få en en hund som Terry. David er enebarn. Han føler sig tit ensom. Så går han og Rikke en lang tur i den nærliggende skov. Her fortæller han hunden om de forskellige planter. Han kender også navnene på de fleste træer. Deres tur sammen får ham til kortvarigt at glemme ensomheden.

*

David er inviteret til fødselsdag hos klassekammeraten Niels, som fylder 12 år. Det er første gang, nogen fra klassen har budt ham med til fødselsdagsfest. Han tænker på det hele tiden. Glæder sig så meget at han hverken kan sove eller spise. "Mon de så spørger, om jeg vil være med til at spille fodbold."

Han er inviteret til klokken 15. Hans mor har købt et samlesæt til en flyver. David har det samme sæt, så han er overbevist om, Niels bliver glad for gaven. "Så kan jeg hjælpe ham med at samle det, hvis altså Niels har lyst." David er sikker på, Niels siger ja.

– Jeg har lagt din nye røde hjemmestrikkede trøje med dragehovedet frem. Den klæder dig. Du skal jo til fest, siger hans mor med et stort smil. Hun har længe set ensomheden i sin søns øjne. Har ofte tænkt hvad hun kan gøre for igen at se ham glad. Nu har han mulighed for at komme ind i et fællesskab. Bare det går godt.

David finder cyklen frem. Vil risikerer at komme for sent, hvis han vælger at gå. Med cykel er han sikker. Niels bor i en boligejendom omgivet af butikker midt i byen. Han husker ikke, hvad Niels hedder til efternavn, men der står i invitationen, at han bor Storegade 14, tredje sal. Han finder hurtigt stedet. Sætter cykelen op ad husmuren. Der står i forvejen flere cykler.

Han ringer på døren. Det må være Niels' mor, der lukker op. Hun ser rar ud.

– Du må være David. Dejligt du kan komme. Niels og hans gæster er herinde. Han følger efter hende ind i en stue, hvor det vrimler med drenge. Giver Niels sin gave. Niels flår papiret af og kigger forbløffet på pakken med billede af flyveren.

– Hvad fanden skal jeg med den? siger han og kigger arrigt på David.

– Sig pænt tak for gaven til David. Moren kigger vredt på Niels.

– Det er ikke en drengegave. Den er for nørder. Se bare på hans hæslige trøje. Den er latterlig. Niels kigger hoverende omkring for at få anerkendelse.

Alle stopper med at snakke og ser spændt på Niels. Hans mor har forladt stuen.

David kender kun få af dem. Snart summer stemmerne igen. Han står alene i et hjørne. Ved ikke hvad han skal gøre af mig selv. Vil gerne sige noget men er tør i munden. Føler sig usynlig.

Endelig kommer Niels' mor igen og siger, de kan begynde. Alle finder en plads. David får plads ved siden af en rødhåret dreng Aksel fra klassen. På bordet er der boller, lagkage og sandkage. Niels' mor kommer med røde sodavand. Alle langer ud efter fadene. Aksel snupper en bolle fra fadet uden at byde David og sender det videre.

– Du glemte at give David en bolle. En mørkhåret dreng, som David ikke kender, rækker en bolle over til ham. David smiler taknemmeligt og åbner sin sodavand.

– Er det din søsters trøje, du har lånt? Det er igen Niels. De andre griner.

– Min mormor har strikket den, Jeg fik den i julegave. Davids stemme dirrer. Han er tør i munden. Alle ser på ham. "Hvorfor har Niels inviteret mig? Skal jeg gøres til grin?"

– Hør hans stemme. Snakker han russisk? Kan man ikke snakke dansk, når man kommer fra Lolland, brøler Niels med en skraldende latter. Hans øjne lyser af ondskab. Hans ansigt er forvrænget. De andre er tavse. Aksel, som er bedste ven med Niels, vil gerne være lige så kæk som Niels. Han skubber til Davids sodavand, så den løber ud over både dug og den røde trøje. David kan ikke mere holde tårerne tilbage. De strømmer ned ad kinderne og snottet løber ud af hans næse. Han styrter ud af døren og forbi Niels' mor, som ikke har været i stuen og fulgt med i scenariet. "Hvad sker der?" siger hun men får intet svar. David spæner ned ad trapperne. Han vil væk.

Han finder sin cykel. Er ikke hurtig nok. De andre drenge er fulgt efter ham med Niels og Aksel i spidsen.

– Hvor tror du, du skal hen. Du er til fødselsdag. Er du en kujon. Niels hvæser ham ind i ansigtet så spyttet står ham ud af munden. David springer på cyklen for at komme væk.

– Skal du stikke af, siger Aksel og skubber så voldsomt til David og cyklen, at han vælter. Stenbroen rammer ham med voldsom kraft Han bløder fra et åbent sår. Besvimer. Der bliver stille omkring ham. Alle står lammede. Ingen siger noget. Niels skriger: "Det var ikke mig. Det var Aksel." Aksel ryster over hele kroppen. "Det var ikke bare mig men også Niels." Tavsheden er uigennemtrængelig. Så er alle væk.

Man kan høre ambulancen i det fjerne...

DEN DER BEDRAGER ALLE, BEDRAGER SIG SELV

KLØR DAME

Der er kø ved resultatbordet. Hvem var bedst sidste uge. Listen studeres grundigt. Min mand er tavs. Rynken i panden siger alt. Jeg tjekker nummer 8. "Vi blev igen bedst," lyder det fra Stig. Han kigger sig triumferende omkring. Hold dog kæft, tænker jeg. "Det er femte gang, vi er bedst," bliver han ved. Jeg forlader bordet.

Vi skal sidde øst/vest ved bord 4 som par nummer 2. Jeg kan se på listen, vi skal spille mod Viggo og Ruth. De har allerede sat sig.

"Lad nu være med at melde forkert igen i dag," lyder det fra Ruth. "Jeg skal gøre mit bedste. Og så tænker du dig om, hvis du får spillet," svarer Viggo og kigger arrigt på hende. Hun svarer ikke. Ryster irriteret på hovedet.

Der er seks spilleborde i lokalet. De har hver et nummer og står i passende afstand fra hinanden. Der skal være stilhed under spillet. Koncentrationen må ikke forstyrres. Jeg minder diskret Ove om, hvad han skal sige efter en ut, og at han skal huske også at tælle tillægspoint.

"Husk at bridge betyder bro," hvisker jeg. Man bygger bro ved at fortælle hinanden, hvor mange point og hvilke farver man har, for at kommer i den rigtige melding.

Bridge lederen byder velkommen. Kortene er blandet. Vi har alle fundet vore makkere. Koncentrationen er hentet frem. Alvoren har sænket sig ved bordene. Jeg tager med spænding mine kort op og anbringer dem i rækkefølge. Spar længst til højre. Herefter hjerter, ruder og til sidst klør. Dårlig start. Kun ni honnørpoint. Jeg må melde pas. Måske har Ove gode kort. Men nej, Viggo og Ruth får spillet. De vinder både dette og de tre næste. Deres ansigter har fået glød. De sure træk er udvisket.

Vi skifter modspillere og går til bord 2. Her skal vi spille mod Anker og Pernille. Nu er det med at være på vagt. Anker er kendt for at "lurepasse." Endelig får jeg kort, så jeg kan melde. Jeg tæller igen. Der er nok til 1 spar. Jeg ved af erfaring, Anker sikkert har flere point, end han viser. Nu håber jeg, Ove kan støtte mig. Det kan han ikke. Jeg får de syv stik, jeg har meldt.

Efterhånden er der gået glemsel i tavsheden. Ivrigheden løfter

stemmerne. Vi hører med mellemrum Prebens ivrige stemme: "
Det er fanme godt Sven."

Kaffepause med Boller. Enkelte lister ud og får en smøg.

– Har i haft nogle gode spil, spørger Svend med sin pibende
stemme.

– Faktisk ikke, svarer Ove. Vi har ikke haft gode kort. Vi må
håbe, de næste 12 spil bliver bedre.

– Det gør de helt sikkert. Svend smiler opmuntrende med munden fuld af bolle. Han er altid positiv.

Nye modspillere. Nye kort.

"4 spar". Min stemme dirrer. Ove spærrer øjnene op svarer *pas*
med kraftig stemme. Jeg begynder at ryste på hænderne, Det er
smadder irriterende, jeg så tydeligt viser min nervøsitet. Jeg bryder mig ikke om udtrykket i min modstanders ansigt. Det viser
tydeligt, han tror, jeg ikke kan få 10 stik. Han smiler hoverende
til sin makker, som gengælder med et flabet grin. Jeg skal vise
dem, tænker jeg og kaster mig ud i spillet. Det går strygende.
Selvtilliden vokser med antallet af stik. 10 stik. Jeg smiler glad
til Ove. "We did it.". Jeg samler kortene op.

– Du lavede honnør svigt. Jeg kigger overrasket på min modspiller. Mit hjerte banker voldsomt.

– Hvad mener du?

– Du bekendte ikke kulør i klør. Du havde klør dame. Han nikker så overbevisende, at jeg frygter hans hage rammer brystkassen. Han kigger på sin medspiller for at få medhold.

– Jeg lagde ikke mærke til noget svigt. Husker du ikke forkert?
Hans medspillers ansigt viser tydeligt, han ikke bryder sig om
situationen.

Men anklageren holder fast i sin påstand. Jeg ser på ham med
et fast blik, selv om jeg ryster af raseri

– Hvorfor sagde du ikke noget, medens vi spillede. Nu har vi jo
samlet kortene op. Enhver kan anklages for kulørsvigt. Så skulle
du have sagt det i tide. Nu kan du ikke bevise det. Ove har fået
sin vrede rynke i panden. "Nu kalder jeg på lederen. Det, du siger,
er ikke sandt."

Jeg ser forvirret på modspillerne, mens Ove henter lederen.
Ingen siger et ord. De andre borde har stoppet spillet. Ser forundret mod vores bord. Der er sensationer i luften. Lederen kigger

spørgende på anklageren. Lytter tålmodigt til hans og makke-
rens forskellige forklaringer, Tager et dybt suk og siger: "Da kor-
tene ikke ligger på bordet, og man derfor ikke kan tjekke, klør
dame ikke er brugt, kan jeg kun foreslå, at I deler pointene og
kommer videre med spillene." Hun giver mig et klap på skulde-
ren, da hun går.

Jeg kan næsten ikke trække vejret at ophidselse. Hvad fanden
bilder han sig ind? Jeg undskylder, at jeg skal på toilettet. Skyn-
der mig ud. Er ved at kaste op. Tror de, jeg snyder. Hvad er det for
en opførsel? De kan *rende mig.* Kulørsvigt? Aldrig. Jeg klarer an-
sigt og hjerne med koldt vand. Fatter mig. Trækker vejret dybt og
går ind, som om intet er hændt. De andre spillere ser medfølende
på mig. Jeg finder min plads og fortsætter spillet sammen med
Ove, til det sidste kort er lagt. Venter kun på at komme derfra.

Jeg har næsten fået overtøjet på, da lederen kommer hen til
mig.

– Jeg ved ikke, hvad der skete, men jeg kan forestille mig det.
Kender ham. Glem det. Håber, vi ses næste torsdag.

HÆLEREN ER VÆRRE END STJÆLEREN

En Forårsdag i Rom

Det summer af forår. Solen står højt på himlen og forgylder tårne og spir. Vi har booket ind på et gammelt, beskedent hotel i Roms centrum. Ejeren af hotellet taler dansk. Det er en fordel, da vi ikke taler italiensk. Når jeg kigger ud af vinduet, kan jeg se Engelsborg og Tiberen. Gaderne myldrer med turister og romere. Man kan se på deres ansigter og raske gang, at sol og forår får dem til at sprudle af energi. Fra vinduet ser jeg to ældre herrer. De omfavner hinanden, peger op mod solen og omfavner igen hinanden. Det kan være gamle venner, der ikke har set hinanden længe. I så fald er det en god dag at mødes igen. Jeg ser, den ene vender sig og går. Går så tilbage med et stort smil. Omfavner igen for så endelig at forsvinde videre ned ad gaden. Jeg bliver fortrøstningsfuld ved at se så megen glæde to mennesker imellem.

Hotellets morgenrestaurant er til gengæld mørk og dyster. Her sidder enkelte og spiser morgenmad i tavs- hed. Forståeligt når man ser udvalget på buffeten. Vi sluger en tynd kop kaffe og et tørt stykke brød med jord- bærmarmelade. Vi skal ud og lege turister. Vores velforberedte dagsplan ligger i tasken. I dag skal vi se Vatikanet og Peterskirken.

Vejret er køligere end forventet. Vi må tilbage og hente frakkerne. Udenfor hotellet mødes vi af travle mennesker. Kvinder og mænd haster afsted som flittige myrer i alle retninger. Tre unge piger på høje stiletter og med flagrende hår taler højt i munden på hinanden. De danser afsted i farvestrålende jakker og stramme jeans. Slanke og yndefulde. Deres ansigter stråler af ivrighed og livsglæde. Jeg kigger på min mand og mig selv. Store praktiske sko. Sorte bukser, Sorte frakker og kortklippede, kedelige frisurer. Er det vort danske klima, der præger vort udseende, og det varme, farvestrålende Italien der gør forskellen? Solens stråler leger med lyset på husene i de smalle gader. De små butikker tryllebinder øjet med smarte,yndefulde kjoler. Jeg føler mig som Alice i Wonderland.

Vi er nået til Tiberen og nyder at vandre langs floden, da vi bliver forstyrret at af stemme, der råber "Hello you there" Vi kigger forvirret på hinanden. Ser så en bil, hvor en herre har rullet vinduet ned og vinker os hen mod bilen.

– Can you tell me how to find Engelsborg? Det er en velklædt italiensk mand, der henvender sig. Vi kigger forvirret på ham. Engelsborg kan ses fra bilen.

– Yes, it is right there, siger min mand og peger på omtalte slot, som ligger og soler sig i det fine vejr.

– Thank you so much lyder det fra et stort smil iklædt en række guldbelagte tænder.

Jeg står i baggrunden. Så beder han mig komme nærmere.

– Oh, I am so happy. You look like my wife. She is from Kolding in Denmark.

Jeg skjuler et smil. Hvor ofte har jeg ikke i udlandet hørt, at jeg ligner udenlandske mænds koner. Jeg gør mine til at gå. Får så at vid,e han er repræsentant for Dior, og fordi jeg ligner hans kone, skal jeg have en gave. Jeg tænker, det må være en lille perfumeprøve. I stedet henter han en stor, sort plastikpose med navnet Dior printet i guld frem fra bagsædet og rækker den ud gennem det åbne bilvindue. Jeg åbner den. En lækker rød læderjakke. Alarmklokkerne ringer. Jeg siger høfligt nej tak. Den kan jeg absolut ikke tage imod.

– I have one for your husband too. Manden hopper med et elegant spring ud af bilen og finder endnu en pose frem. Endnu en skindjakke, denne gang sort og i herrestørrelse. Han insisterer på, min mand skal prøve den. Min mand nægter. Jeg kigger fortvivlet rundt. Vi føler os fanget i noget, vi hurtigt skal slippe ud af. Vi står med to flotte jakker, som vi ved, må være hælervarer. Italieneren nægter at tage dem tilbage.

– I have no money for petrol. Maybe you can help me with some money in your currence. Vi forsøger at få ham til at tage jakkerne. Hjælpen kommer fra anden side. En politibil med to politifolk kommer roligt kørende hen ad boulevarden. Den må have virket på italieneren som en rød klud på en tyr. Med et ryk starter han sin bil og forsvinder som en tornado i modsatte retning af politibilen. Jakkerne står vi med i poserne

– Hvorfor sagde du ikke nej til den røde jakke. Min mand dirrer af raseri. Hans ansigt blusser og han kan næsten ikke få ordene frem. Han kigger nervøst omkring.

– Det gjorde jeg. Jeg forsøgte at give den tilbage til ham. Hvorfor tog du imod din? Jeg forsøger at bevare fatningen. To mænd kommer hen imod os. Jeg ryster på hænderne og sveden fugter min pande. Har de set noget?

– Nu må vi bevare fatningen. Vi skal væk herfra. Vi må finde ud af noget med de to jakker. Min mand har genvundet roen. Beslutsomhed står malet i hans ansigt. Jeg står lammet som en stenstøtte. Vi tager jakkerne ud af poserne. Ifører os dem under vore frakker. Smider plastikposerne i den nærmeste affaldsspand og vandrer som udstoppede pingviner med vraltende skridt videre i håb om, ingen kigger nærmere på os.

Vi når Peterskirken. Her kan vi gemme os. Her kan vi bekende vore "synder." Det bliver dog ikke i skriftestolen men på kirkebænken. Her sidder i forvejen et norsk par, der bor på samme hotel som os. De kigger undrende på os, og inden vi har tænkt os om, har vi fortalt om vores oplevelse. De lytter tavse til vores beretning. Deres ansigter udtrykker ikke overbevisning. "Tror de ikke på os," tænker jeg. Jeg kan se, hun hvisker noget til manden. Han nikker, rejser sig og undskylder, at de må gå, da de har en vigtig aftale med et par venner. Hun har så travlt med at komme ud af kirken, at hun er ved at falde over et barn, som står i vejen.. Vi bliver siddende længe. Ingen af os siger noget. Mine tankerne løber om kap. "Jeg er sikker på, de tror, vi har stjålet jakkerne" Kirkens stilhed, som vi normalt elsker, virker pludselig trykkende. Jomfru Maria ser bebrejdende på os.

*

Tilbage på hotellet er vi stadig uforløste. Vores vært står i receptionen, Vi fortæller, hvad der er sket. Han råder os til ikke at kontakte politiet, da jakkerne helt klart er hælervarer. Samtidig vil vi komme til at tilbringe timer under afhøring, som ikke vil føre til noget som helst. "Behold jakkerne og gem dem som en souvenir", er hans bedste råd.

Aftensmaden smager os ikke. Selv ikke rødvin kan hæve humøret. Det norske par er ikke at se. Efter middagen går vi hurtigt tilbage til vort værelse. Mon tv'et virker. Vi når ikke at finde ud af det. Der bankes kraftigt på døren til værelset. Vi kigger undrende på hinanden. Vi har ikke bestilt noget. Uden for døren står to frygtindgydende politifolk. På gebrokkent engelsk beder de os følge med til stationen. Vi behøver ikke at få fortalt, hvad der er årsagen. Læderjakkerne ligger på hotelsengen. Vi tager dem med. Vi har en forklaring.

Flankeret af politifolkene bliver vi ført ned ad trappen. Jeg ryster af skræk. Jeg kan se, min mand har det på samme måde. Hans ansigt er som forstenet. Jeg forsøger at gemme mig bag ham. Ser ned i jorden fyldt med skam. Det hele føles uvirkeligt – som en dårlig film. Vi kan ses fra spisestuen. Gæsterne er ved at få maden i den gale hals. Vidtåbne, sensationslystne øjne rammer os som nålestik. De får valuta for pengene, da politibilen med os som passagerer sætter i gang.

Vi ankommer til en stor gul bygning, som har set bedre dage. Det er efterhånden blevet sen aften. Vi er trætte. Betjentene er trætte. Rummet, vi kommer ind i, lugter af røg og snavs. Vi får henvist to vakkelvorne træstole, som står foran et slidt skrivebord med stabler af papir. En printer står og larmer i et hjørne og forsøger at overdøve en ventilator fra loftet, som spreder kold luft i det ophedede lokale. Den ældste af betjentene forsøger på en blanding af dårlig engelsk og tysk at sige, vi har stjålet de to jakker. Han stinker ud af munden af hvidløg og dårlig ånde. Min mand protesterer og forsøger at forklare, hvad der er sket.

– He contacted us. He said, he wanted to give us a gift, and we refused it, when we saw the two jackets. Jeg sidder tavs og tænker, at betjenten formentlig ikke forstår et ord af, hvad der bliver sagt. Jeg kan se, min mands ansigtskulør er ved at skifte farve – nu fra rød til blå. Jeg sidder tavs. Er gået i baglås. En tilstedeværende bævreasp.

– Why you do not go police mit Jakken? svarede forhørslederen.

– Because we didn't know what to do. Hans stemme er ved at miste tålmodigheden. Han ryster opgivende på hovedet. "De fatter ikke en brik"

*

Efter to timers krydsforhør, utallige spørgsmål og svar på gebrokkent engelsk og tysk uden resultat, kommer en kollega ind i lokalet og giver en besked på italiensk. Vi afventer nervøst. Bliver vi fængslet? Ser så til vores glæde værten fra vort hotel bliver kaldt ind i lokalet. Han smiler venligt til os og fortæller, man på hotellet har meddelt ham, vi er blevet afhentet af politiet. Et fyrværkeri af italienske ord flyver nu rundt i rummet det næste kvarter. Så rejser vores vært sig med et let buk mod betjentene. Antyder med hånden vi skal følge ham. Audiensen er slut. Siddende trygt i hans bil på vej tilbage til hotellet, fortæller han, at han kender til den italienske herre, som forsyner turister med stjålne varer, og at han udmærket ved, vi er uden skyld.

– Hvad gør vi med jakkerne, spørger jeg.

– Politiet ville ikke have dem. Da jeg luftede tanken om at orientere deres overordnede om situationen, og deres eventuelle forsøg på at presse jer, gav de jakkerne til mig med den besked, at I kan vælge at tage dem med til Danmark, give dem til et par trængende italienere eller lade dem blive på hotellet.

– Hvordan vidste politiet, vi havde jakkerne?

LØFTER OG BRØD ER TIL FOR AT BLIVE BRUDT

SÅ KAN HAN LÆRE DET ...

Jeg har brug for din hjælp. Du må ikke sige nej.
Min søster lyder overrasket, da jeg ringer hende op i arbejdstiden.

– Er der noget galt? Er du syg? Er det noget med børnene?

– Ingen af delene. Men du er nødt til at komme. Kan vi mødes om en time, så vil jeg forklare.

– Jeg er færdig om en halv time. Vi ses.

Jeg er ked af at forstyrre min søster. Hun vil gøre alt for mig. Nu tror hun måske, det er noget alvorligt. Hun ved, jeg ikke ringer uden grund. Men dette er både alvorligt og ikke alvorligt – *Kan* blive alvorlig.

Jeg griber igen telefonen. Jeg får også brug for min søn Rasmus.

– Hej, det er mor. Jeg har brug for dig og en stærk kammerat. Hvis du og en af dine venner har tid, vil jeg gerne, i kommer her om en halv time.

– Of course, Mutti. Altid til tjeneste.

Jeg er skilt på fjerde år og har stor glæde af både min søn og mine to døtre. Jeg har et fleksibelt job, som jeg er glad for. Min økonomi tillader mig at nyde livet. Jeg påskønner min frihed. Alligevel savner jeg en stor varm favn at gemme mig i. Nogle kærlige knus og kys. Et par stærke arme omkring mig når jeg skal falde i søvn. En fræk hånd mellem benene. Jeg har gode kolleger, med hvem jeg kan drikke en øl på pubben eller nyde en god middag. Alligevel mangler der noget i mit liv.

*

– Jeg har kontaktet en datingside, fortæller min kollega Michala, da vi en dag deler en fyraftensøl.

– Den er gratis og uforpligtende. Du kan forblive anonym, mens du ser på varerne. Der breder sig et stort smil på hendes ansigt, mens hun fortæller. Jeg kan se på hende, hun allerede har fået bid. Michala er på alder med mig. Vi har kendt hinanden længe. Hun virker glad og harmonisk. Nysgerrigheden sniger sig ind på mig.

– Hvad hedder den datingside?

Tre øl senere løsner Michalas tungebånd. Hun fortæller om Sebastian, som hun har kendt et par måneder. Han er charmerende og opmærksom. Ser godt ud med et kraftigt, mørkt hår på både hoved og bryst. Han er spændende at være sammen med. De har tilbragt nogle weekends hos hende men aldrig hos ham. Dette undrer hende. De bor ikke i samme by. Hun fortæller, hun har set billeder af hans lejlighed og gerne vil se, hvordan han har indrettet sig. Michala gentager flere gange, at hun synes, det er underligt, hun ikke må besøge ham. Jeg aner et glimt af uro i hendes øjne.

Mens hun ivrigt fortæller om Sebastian, mindes jeg en anden af mine veninder, som også havde fundet en ven. Jeg undlader dog at fortælle, at denne veninde måtte dele vennen med en anden kvinde.

– Stoler du ikke på ham? Jeg ved, mit direkte spørgsmål kan virke upassende, men det gør mig ondt at se usikkerheden i Michalas varme øjne.

– Jeg ved det ikke. Vil nødig være mistænksom. Det sitrer omkring hendes mund. Hun kæmper for ikke at græde.

– Hør her. Jeg ved, hvordan vi kan finde ud af, om du kan stole på ham. Jeg kan abonnere på samme datingside, kontakte ham og finde ud af, hvad der sker. Er du med på den? Jeg tør næsten ikke se på Michala. Er jeg gået for vidt?

Hun tager en dyb indånding. Ser ikke på mig. Jeg holder vejret. Så vender hun blikket mod mig.

– God ide. Jeg *må* have vished. Lad os tage en sidste øl inden vi går hjem. Jeg skal have noget at styrke mig på,

*

Der var hurtigt kontakt. Jeg var ikke i tvivl, da han kontaktede mig på min profil. Det var Sebastian, ganske som Michala havde beskrevet ham. Han var ivrig efter at møde mig. Kunne ikke vente. Single og fri på marken, bedyrede han. *Løgnhals* var min første tanke. *Røvhul* blev den næste.

Jeg informerede Michala. De datede stadig, sagde hun.

"Skal jeg komme og besøge dig?" skrev jeg til ham.

"Jeg har håndværker," var svaret. "Så kommer jeg i weekenden," fortsatte jeg. "Der kommer mine forældre."

*

"Jeg har aftalt at møde Sebastian i dag kl. 15," skrev Michala. "Ok, så aftaler jeg at møde ham på samme tidspunkt. Jeg foreslår ham at møde mig i Café City, så ser vi, hvad han svarer. Er det sådan, vi gør?" En time senere skriver Michala: "Han har sendt afbud til mig. Han har tandpine." Jeg føler en hård klump i maven. Hvad fanden er han for en usling?

*

Jeg har sat min søster og Rasmus stævne på Café City. Der dufter dejligt af kaffe. Lokalet er smukt indrettet med moderne møbler og komfortable stole. På væggen hænger Storm P. tegninger. De giver et spændende modspil til de moderne møbler. Caféen er ret ny. Der falder et smukt lys ind gennem de store ruder. Jeg har besøgt stedet et par gange. Foruden drikkevarer serverer de små lækre retter.

Priserne er rimelige. Det tiltrækker især de unge, Jeg sætter mig ved et bord tæt ved vinduet. Her kan jeg holde øje med, hvad der sker udenfor. Jeg bestiller en caffe latte. Min søster har taget sin kæreste med. De nyder en øl ved nabobordet. Ved et tredie bord sidder Rasmus. Han taler ivrigt med sin ven Nicolaj. Ingen i lokalet kan fornemme, vi kender hinanden. Der er andre gæster i caféen. Nogle står ved baren og drikker øl. Andre har kastet sig over lækre napoleonskager og kaffe.

Han kommer kl. 15. Jeg kan se ham gennem vinduet. Håret bliver omhyggeligt friseret, og der bliver rettet på slipset. *Ser jeg godt ud?* tænker han sikkert. *Din nar,* tænker jeg.

Han skrider ind gennem cafe´døren. Man kan se, han holder vejret i forsøg på at trække maven ind og skyde brystet frem. Det store smil er smurt på, da han sætter sig ved mit bord.

– Godt at se dig. Kunne straks genkende dig. Jeg har glædet mig. Du ser dejlig ud.

Jeg har svært ved at skjule mine tanker. Kan se min søster ruller med øjnene. Hun har det sikkert på samme måde. Rasmus lader som om, han ikke holder øje med os. Jeg husker hans ord, da jeg fortalte ham om min plan: *Altså bodyguard for min mor?* Det morede ham. *Man kan jo aldrig vide,* havde jeg svaret.

Sebastian bestiller en øl. Tilbyder ikke at købe en til mig. "Åbenbart også nærig." Han har travlt med at fortælle om sine fantastiske egenskaber. Jeg har svært ved at skjule min modvilje.

Det er blæst op. Vi kan høre vinden hyle i træerne. Det giver et sæt i gæsterne, da døren til caféen bliver åbnet og vinden banker den ind mod væggen. Sebastian stivner. Taber kæben. Jeg holder vejret. Nu bliver det spændende.

En kvinde styrer målrettet hen mod vores bord. Hendes iskolde blik spidder Sebastian. Han sidder som fastnaglet til stolen. Trækker vejret tungt. *Bare han ikke får et slagtilfælde.* tænker jeg. Jeg bliver pludselig urolig ved situationen.

Michala sætter sig roligt ved bordet. Jeg smiler nervøst til hende, mens jeg i smug betragter Sebastians for- stenede ansigt.

– Hej Sebastian. Har du ikke tandpine? Hvad har du gang i? Michalas stemme er rolig men ironisk.

Der er blevet tavshed ved bordene. Min backinggroup holder vejret. Stilheden sitrer af elektricitet.

– Hvad mener du? Jeg har ikke gang i noget. Sebastians stemme lyder kraftløs. Han flakker med øjnene, kigger panisk omkring efter hjælp. Michala er nådesløs.

– Skulle vi ikke mødes? Sebastian svarer ikke. Forsøger at bevare værdigheden. Mumler noget uforståeligt.

Rummet falder efterhånden til ro. Sebastian prøver desperat forskellige undskyldninger og forklaringer. Michala lytter tavs med et hånligt smil til hans dårlige historier. Jeg hører ikke efter. Tænker på min anden veninde, som var i samme situation. Jeg rejser mig for at forlade caféen. Ser en sidste gang på Sebastian.

– Så ka' du lære det.